西条陽

イラスト Re岳

I'm fine with being the second girlfriend.

わたし

から。

7

volume seven

contents

同日 13:15
早坂さんと水族館デート
「ごめん、待たせてしまったよな」
「ううん、たった十五分だもん。
全然気にしないよ」
街灯がつくるふたりの影をみて、
遠野は笑いながらそんなことをいった。
俺たちが向かったのは大きな公園だった。
丘陵の上からは、

『もしかして私とデートしたくなかった？』
『ごめん、ごめん』
11月
宮
「待った？」
「五分くらい」
「ごめん」
「いいよ」
同日 12:05
橘さんと猫カフェデート

わたし、
二番目の彼女
でいいから。
7
volume
seven

第18話　全力彼氏生活

京都東山《ひがしやま》にある貧乏アパート『ヤマメ荘』。

とにかく築が古く、すきま風もびゅうびゅう吹く。

十一月も末となった今では、毎朝、寒さで目がさめる。せんべい布団《ぶとん》を何枚も重ねるヤマメ荘流ヒートスタイルで眠るから胴体は温かいのだが、いかんせん頭が寒い。

布団《ふとん》に入るときにニット帽をかぶっても、寝ているあいだに取れてしまい、朝になるころには建て付けのわるい窓枠の隙間から吹きこむ風に起こされてしまう。

その日もそんな感じで朝の八時に起き、震えながら布団《ふとん》からでた。水道からでる冷たい水で顔を洗い、服を着て身支度を整える。

大学の講義に出席するべく、部屋からでてヤマメ荘の自転車置き場に向かうと、大道寺《だいどうじ》さんとでくわした。

大道寺《だいどうじ》さんは宇宙について日々研究に励んでいる院生で、ヤマメ荘の最古参だ。俺はこの人から着流しを受け継ぎ、胡弓《こきゅう》の演奏の手ほどきをうけた。

「おはようございます」

俺があいさつをすると、大道寺《だいどうじ》さんは首をかしげた。

「はて？　俺はこのアパートの住人の顔を全て覚えていると思っていたが、申し訳ない、貴君はどの部屋の住人だったか……」

「お気になさらず。急いでいるので失礼します」

俺はそういうと自転車にまたがり、ヤマメ荘を出発する。

冬の朝の澄んだ空気のなか自転車を走らせ、今出川通《いまでがわどおり》を東に向かって進んでいく。寒いけれど、よく晴れており、とても爽やかな気分だった。

ほどなくして大学に着き、講義の五分前には着席することができた。

となりには先に出発していた福田《ふくだ》くんが座っている。

福田《ふくだ》くんは同じヤマメ荘の住人で、故郷で農業をしている両親のため、よく実る稲を開発するという高い志を持って大学に学びにきている心やさしき青年だ。そして大学一回生のとき、くさくさしていた俺を助けてくれた恩人でもある。

福田《ふくだ》くんは講堂に駆けこんできた俺をみて、人のよさそうな顔で軽く会釈《えしゃく》をする。そしてまた、手に持っていた専門書に視線を戻す。

ほどなくして教授が講堂に入ってくる。

「桐島《きりしま》くん、寝坊かな。最近はかなり真面目に出席していたのに……」

福田《ふくだ》くんはそんな独り言をいったのち、スマホをぽちぽちと操作する。

すぐに俺の服のポケットに入っていたスマホが震えた。

『講義はじまってるよ～。ノートはとってるから、もし体調がわるかったりしたらムリしないでね～』

そんなメッセージがとなりにいる福田《ふくだ》くんから届いていた。

俺はなにくわぬ顔で講義を受けた。そのまま二限目も受け、昼は学食で素うどんを食べ、午後の講義にも全て出席した。その日の講義が終わったときにはすっかり夕方になっていた。

くされ大学生として授業をサボりまくっていたくせに、最近になって突然難しい勉強をいっぱいしているものだから、俺の頭は熱を持ってぐるぐるしている。

その場で倒れて気絶したいところだけど、約束があるため、俺はバスに乗って四条河原町《しじょうかわらまち》へと向かった。

河原町通《かわらまちどおり》のアーケードの下を歩き、待ち合わせ場所の大型書店前にきてみれば、ひときわ目を惹《ひ》く女の子が立っていた。

ダークグレーのチェックのコートに、差し色になっている薄いグリーンのマフラー。

宮前《みやまえ》だ。

つん、とした顔でスマホをいじっている。

ルックス金閣寺《きんかくじ》レベルの女の子だけあって、立っているだけで絵になる。俺はそんな宮前《みやまえ》を少し眺めたのち、近づいていって声をかけた。

「お待たせ」

しかし、宮前《みやまえ》はあからさまにイヤそうな顔をして、その場から離れようとする。

「おい、待て、俺だ。桐島《きりしま》だ」

立ちどまり、首をかしげながら俺の顔をみる宮前《みやまえ》。

数秒して、ついに俺の顔を認識する。

「きりしまっ！」

宮前《みやまえ》は、ぱっと表情を明るくし、ぴょんと跳ねて俺にくっついてくる。

「着流し着てないから、全然わからなかった」

そうなのだ。

今日の俺は桐島《きりしま》京都スタイルではない。着流しの代わりにセーターとジーンズを、下駄《げた》のかわりにスニーカーを、そして羽織《はおり》の代わりにステンカラーコートを着ていた。

そのせいで、大道寺《だいどうじ》さんも福田《ふくだ》くんも俺に気づかなかったのだ。

俺を一体なにで認識しているんだという感じだが、人間そんなものなのだろう。

「なかなか似合って――」

宮前《みやまえ》は俺をまじまじみようとしたところで、感極まったような表情になる。

「うわぁぁあっ、うわあぁぁあっ」

そして俺が着ているコートの袖をつかんでいう。

「これ、うちがあげたやつばい！」

俺は宮前《みやまえ》がくれたコートを着て、時計もしているのだった。

「うんうん、やっぱ桐島《きりしま》によく似合ってる。想像してたとおり！」

「俺って気づいてなかったけどな」

「桐島《きりしま》、ありがとね」

宮前《みやまえ》があまりに喜ぶものだから、俺はなんだか照れくさくなってしまう。

「いこう。晩飯、一緒に食べるんだろ」

「うん」

宮前《みやまえ》を腕にくっつけて通りを歩きだす。

「なに食べるんだ？」

「お好み焼き。せっかく関西にいるから、つくれるようになりたいんだよね！」

宮前《みやまえ》はとても幸せそうな顔をしている。

ただプレゼントされた服を着ただけ。

それだけで、こんなにも誰かを喜ばせることができるのだから、とても素敵なことだ。

「きっりしま、きっりしま」

はしゃぐ宮前《みやまえ》と一緒に、お好み焼き屋さんに入る。

店員さんに、「焼きましょうか？」ときかれ、宮前《みやまえ》が、「自分で焼きます」とこたえる。

「なんでも挑戦することが大事だもん！」

そういって四人掛けのテーブルで、俺ととなりあって座る。

「……おい」

「豚玉が定番なのかな？　もちチーズもおいしそう。あとスペシャルミックスと――」

「普通、向かいあって座るだろ」

「一杯だけ飲んでいい？　いいよね、大学生なんだし」

「この座り方、痛いカップルのそれだからな」

「私はビール一杯なら酔ったりしないもんね～。九州の女はお酒に強いんだよ～」

「話きいてる？」

「すいませ～ん、注文いいですか～？」

宮前《みやまえ》は楽しそうにお好み焼きを焼いた。初めてだからちょっと不器用なところはあったけど、できあがったお好み焼きは手作りの温かみがある形だった。

「桐島《きりしま》、いっぱい食べてね」

宮前《みやまえ》がせっせと俺の皿に取り分けるものだから、俺はたらふく食べた。宮前《みやまえ》は俺が食べるのを嬉《うれ》しそうにみていた。そして――。

「しっかり酔ってんじゃねえか～！」

ビール一杯で宮前《みやまえ》は酔っぱらった。

「きりひま」

帰り道、呂律《ろれつ》のまわらない口調で俺の名を呼びながら、千鳥足でしなだれかかってくる。

「酒に強い九州女はどこいった」

「だって～きりひまがいるとなんか安心しちゃうんだもん～」

酔い覚ましに鴨川沿《かもがわぞ》いを歩いて帰るつもりだったが、やむなく電車に乗った。電車のなかでは、正面から俺に抱きついて、背中に手をまわし、ぎゅ～っとしながら顔を胸にうずめてくる。

「これもあれだからな、痛いカップルがやるやつだからな」

「……きりひま」

「え、それしかいえない感じ？」

語彙を失った宮前《みやまえ》を連れて、桜ハイツの宮前《みやまえ》の部屋まで帰った。

玄関を入ると、宮前《みやまえ》は靴を脱いで先にあがり、「おかえりなさい！」といった。

「ただいま」

俺がいうと、「えへへ」と照れたように笑う。

寝る支度をしているあいだ、宮前《みやまえ》はずっと上機嫌だった。自分の部屋に俺がいるのが嬉《うれ》しいらしい。

俺がシャワーを浴びて、胸にハートをあしらったおそろいのパジャマを着て部屋に戻ると、宮前《みやまえ》は「うわ～！　うわ～！」と目をきらきらさせて喜んだ。

「桐島《きりしま》、寝る前にお茶でも飲む？」

そういって持ってきたマグカップは色ちがいのペアだった。

「やりすぎじゃないかな〜」

「そんなことなか。ふたりは仲良し！」

宮前《みやまえ》はそういう感じが好きなようだった。ならんでホットカーペットの上に座り、おそろいのマグカップでお茶を飲む。それだけで宮前《みやまえ》は、「幸せばい」と楽しそうな顔をする。

「じゃ、寝るか」

「うん！」

宮前《みやまえ》と一緒にベッドに入って、布団《ふとん》を分けあう。宮前《みやまえ》は俺の懐《ふところ》に入ってくっついてきた。

風呂《ふろ》あがりでポカポカしている。

「ホントに、一緒に寝るだけだからな」

うん、と宮前《みやまえ》はまたうなずく。これだけで十分らしい。

「桐島《きりしま》の歯ブラシと私の歯ブラシがならんでるでしょ？」

洗面台のスタンドに、宮前《みやまえ》が用意してくれたのだ。大きさのちがう歯ブラシがふたつならんでいる。

「あれみてるだけで嬉《うれ》しいんだ〜」

そういって、足をかけてきたり、頭をぼんぼんぶつけてきたりする。

しばらくじゃれあったところで、宮前《みやまえ》の動きが大人しくなる。

「……眠くなってきた」

「寝よう。早寝早起きは大事だぞ」

「……うん」

ふたりでそのまま寝ようとしたところで――。

「どうしたの？」

「ちょっとだけ待ってくれ、すぐ済む」

俺はいったんベッドからでて、カバンからスマホを二台取りだしてまた戻ってくる。

まず一台目を操作して、通話アプリの発信ボタンを押す。

『桐島《きりしま》くん、こんばんは』

スマホの向こうから早坂《はやさか》さんの声がする。

『もしかしてもう寝るところ？』

「ああ」

『じゃあ、私も寝よっかな』

「いいのか？」

『うん。もう寝る準備も済んでるし、課題も今終わらせたから』

ぱたん、とノートパソコンを閉じる音がする。そしてごそごそと衣擦《きぬず》れの音。

ふわふわのパジャマ姿でベッドに入る早坂《はやさか》さんの姿を想像する。

『よいしょ、っと』

声が突然近くなる。スマホを枕のすぐそばに置いたのだろう。スピーカーから吐息が伝わってくるようだった。

『えへへ、じゃあ、寝よっか』

「ああ、おやすみ」

『おやすみ』

スマホは通話状態のままにする。

つづいて俺はもう一台のスマホを操作して、発信ボタンを押す。

『司郎《しろう》くん』

そっちのスマホからは橘《たちばな》さんの声がする。

「なにしてた？」

『ピアノの楽譜読みこんでた』

「ゲームの音きこえるけど？」

『なんのこと？』

橘《たちばな》さんは芸大に入学する前のニート生活のあいだに、とてつもないゲームスキルを身につけていた。オンラインで対戦ゲームをしたが、一方的にやられてしまった。橘《たちばな》さんは熱くなることもなく、作業的に勝った感じだった。

『もしかして司郎《しろう》くん、もう寝る？』

「ああ」

『じゃあ、私も寝る』

ゲームの音が途切れる。つづいて、ぱたぱたと歩く音。橘《たちばな》さんのことだから、怪獣足のぬいぐるみスリッパをはいているのだろう。

ちょっとして、衣擦《きぬず》れの音。ベッドに入ったのだ。

『おやすみ、司郎《しろう》くん』

「ああ、おやすみ」

しばらくして、寝息がきこえてくる。

そうして——。

俺はくっついてくる宮前《みやまえ》を抱きしめながら、二台のスマホを枕元に置き、早坂《はやさか》さんと橘《たちばな》さんの寝息をききながら眠ったのだった。

◇

「頭ぶっ壊れそう!!」

浜波《はまなみ》は俺の話をきいたあとで、絶叫した。

「え？　じゃあ、ラブホの前でわちゃわちゃやって、結局、三人とも彼女にしたんですか？」

「そうしないと収拾つかなかったからな」

「今も全然、収拾ついてないですけど⁉」

浜波《はまなみ》、ツッコミが手堅いな。

「いや、ヤバいですって。すぐに破綻して大変なことになりますよ」

「そうならないために、いくつかルールをつくった」

「またルール‼」

浜波《はまなみ》が白目をむく。

「いつもそれで失敗してるじゃないですか！　無理です！　学ばない人類！」

「否定や批判から入るのは簡単だ。でも人生を前に進め、なにかを成すために必要なことは前向きな心と、受け入れる懐《ふところ》の深さ、そして行動するということだ」

「桐島《きりしま》先輩以外がいっていれば、さぞ含蓄のある言葉にきこえたことでしょう！」

それより、と浜波《はまなみ》がきょろきょろとあたりを見回しながらいう。

「ここ、どこ⁉　山なんですけど‼」

そのとおりだった。

俺たちは山にきていた。午前中の講義にでたあと、午後の講義がなかったから、キャンパス内を歩いている浜波《はまなみ》をみつけ、連れてきたのだ。

「どこかときかれれば、東山三十六峰《ひがしやまさんじゅうろっぽう》のひとつ、阿弥陀ヶ峰《あみだがみね》とこたえるほかないな」

「そういう話をしてるんじゃないんです！」

浜波《はまなみ》は、登山道の途中で拾った手に持つのにちょうどいい木の枝をぶんぶん振りながらいう。

「なんで山なんかに登ってるのか、ってきいてるんです！」

「それについてだが――」

「あとなんですか、その格好！　前よりパーツ増えてるんですけど！」

俺は今、桐島《きりしま》京都スタイルの格好をしている。着流しに羽織《はおり》、足袋《たび》と下駄《げた》。ただそれらだけでなく、背中に柳行李《やなぎごうり》を背負い、頭には編《あ》み笠《がさ》をかぶっていた。柳行李《やなぎごうり》とは柳《やなぎ》を編んでつくった葛籠《つづら》のひとつで、いってしまえば昔風のカバンである。

「これは、桐島山頭火《きりしまさんとうか》だ」

浜波《はまなみ》がすん、とした顔になる。

俺はもう一度いう。

「桐島山頭火《きりしまさんとうか》スタイルだ」

「それって、種田山頭火《たねださんとうか》ってことですよね――」

種田山頭火《たねださんとうか》とは、托鉢《たくはつ》をしながら各地を流浪《るろう》し、自由律の俳句を詠《よ》みつづけた俳人だ。

代表的な句として、『分け入っても分け入っても青い山』というものがある。

「え？　つまり桐島《きりしま》さんは自分を山頭火《さんとうか》になぞらえてそんな格好をしていて、山に入っていく句があるから、登山をしているということですか？　それに私は付きあわされてるってことですか？」

「あの句には前段がある」

「すでにいいたいことは山ほどありますが、いったん、ききましょう」

「『大正十五年四月、解くすべもない惑ひを背負うて、行乞流転《ぎょうこつるてん》の旅に出た。』とある。つまり、山頭火《さんとうか》先生は解くすべもない惑ひのなかにいらっしゃったのだ」

「なるほど、それがどうこの登山につながってくるのでしょうか」

「浜波《はまなみ》は今の俺を取り巻く状況を知れば、『先輩はこの状況をどうするつもりなんですか⁉』って絶対きくだろ」

「そうですね。出口戦略は大事ですからね」

「そこで俺はこうこたえるのだ」

俺は咳《せき》ばらいをしていう。

「――大学二回生の冬、桐島司郎《きりしましろう》は解きようのない惑ひのなかにいた」

「うるせ～!!」

浜波《はまなみ》が木の枝を投げつけてくる。

「そのセリフいうためだけに私に登山をさせるな～!!」

「いや、おっしゃるとおり」

「え、それよりちょっと待ってください」

浜波《はまなみ》が急に深刻な顔をする。

「今、解きようのない惑ひのなかにいるっていいましたよね？　それってストレートにいうと、桐島《きりしま》先輩、どうしていいかわからないってことですよね？　解決の糸口がみえてないってことですよね？　いつもならプランがあるのに——いえ、失敗するんですけどね。でもノープランとなると、ホントにブレーキがないじゃないですか。あの怪獣たちにはどうせブレーキなんてないんだから！　地獄に直角で落ちていくジェットコースター！」

「一気にしゃべるじゃん」

俺は柳行李《やなぎごうり》を地面におろし、蓋を取ってなかから水筒を取りだし、お茶を淹《い》れて浜波《はまなみ》に手渡した。浜波《はまなみ》はそれを飲んで喉を潤す。ライブで曲と曲のあいまに水を飲むミュージシャンみたいだ。

「この状況をどうすればいいか、考えがないわけではないんだ」

俺はいう。

「でも、まずは彼女たちの気持ちを受け止めたい」

もちろん、別の判断だってありうることはわかっている。

いつもそれで失敗してるじゃないか。やり方を変えるべきだろう、と。

でもそれはやっぱりピッチの外、テレビの前で試合を観《み》ている人の意見だ。

実際にピッチに立って試合の当事者になれば、みえる景色はちがう。

そこにあるのはリアルな主観の感情だ。

もちろん、ピッチのなかにいながら、外からみたときと同じ考え方をするやり方はある。

鳥の視点、俯瞰《ふかん》、自分を客観視するということ。

俺もそれをやろうとすることはある。

でも――。

恋愛においてそれをするかといわれると、本気で愛し愛されるという場面でそうすべきかというと、きっとそうじゃない。一時の感情が真実になりえる局面で、それは説得力を失う。

なにより俺はとてもじゃないけど、冷静な顔はできない。

なぜなら――。

「俺は宮前《みやまえ》が泣いているところをみた」

宮前《みやまえ》がくれた贈り物を、俺は一度捨てた。宮前《みやまえ》はそれをゴミ捨て場でみつけ、号泣しながら拾って、抱きしめながら桜ハイツに入っていった。

「その背中を、俺は忘れることができない」

「桐島《きりしま》先輩……」

「今の宮前《みやまえ》はよく笑うんだ。とても幸せそうに笑う」

宮前《みやまえ》は俺にくっついて眠る。俺が寝返りを打つと、しっかり背中についてくる。朝になってもしがみついていて、俺のパジャマによだれをつけたまま眠っている。口元を拭いて起こすと、『桐島《きりしま》がいる～‼』と幸せそうに笑うのだ。

「宮前《みやまえ》の笑顔はそんな簡単に奪っていいものじゃない。少なくとも、しっかり受け止めるべきなんだ。そして俺自身、宮前《みやまえ》には笑っていてほしい。だから、今回も彼女たちの感情に向きあうチャレンジをしたい」

「気持ちはわかりますが――」

浜波《はまなみ》はあごに手をあてて考えこむ顔をしてからいう。

「まあ、物事の本質はプロセスですからね。恋の結論がどうあれ、一度、桐島《きりしま》先輩が悩みながらもあの女子たちの気持ちを受け止めるという段階があってもいいのかもしれません」

そのとおりだった。

また、いつものように失敗するかもしれない。

しかし結論が同じであったとしても、そのプロセスが大事なのだ。人生の結論が死しかなくても、生きることに意味があるように。

「わかりました。私もそこは支持しましょう。失敗を積み重ねた末、その最後に成功があるかもしれませんし」

「ああ。とりあえずがんばってみるよ。恋人いっぱい全力彼氏生活」

「言葉にするとホントにろくでもないですね！」

なんてやりとりをしているうちに、柳行李《やなぎごうり》に入れていたスマホが震える。通話ボタンを押せば宮前《みやまえ》からだった。

『桐島《きりしま》～』

どうしたんだ、と俺はきく。

『私ね、土曜日空いてるんだ。だからさ、一日デートしたいなって思って……ダメ？』

「いいぞ」

『やった！』

宮前《みやまえ》の嬉《うれ》しそうな声。それから時間と待ち合わせ場所を決めて通話を切った。

「ずいぶん甘やかすんですね」

「俺に拒否権はないんだ」

「え、またルールつくってるんですか？　それ、いつもの『私たちのいうことは絶対！』ってやつですよね。今回もあるんですか⁉」

「ああ」

「己の決定権をたやすく他人に委《ゆだ》ねるな〜！」

ていうか、と浜波《はまなみ》はつづける。

「宮前《みやまえ》さんが幸せそうだってのはわかりました。しかし早坂《はやさか》先輩と橘《たちばな》先輩はどんな感じなんですか？　ラブホの前で、桐島《きりしま》先輩と宮前《みやまえ》さんがでてくるのを目撃して、ふたりはぷんすかしてたわけですよね？　桐島《きりしま》さんがみんなに向かって全力彼氏することに納得してるんですか？」

「今のところ問題はなさそうだ」

「ホントですか？」

なんてやりとりをしていると、スマホがまた震える。着信だ。画面には、『早坂《はやさか》あかね』と表示されている。俺は通話ボタンを押す。

「早坂《はやさか》さん、なにか用か？」

『うん。私とは全然そういうことしないのに宮前《みやまえ》さんとはすぐにした桐島《きりしま》くんにお願いがあってさ』

「ほら、怒ってる！　桐島《きりしま》先輩にいいたいこと絶対いっぱいある！」

『土曜日、デートしたいなって』

「ぶつけてきた〜!!」

「いや、その日はちょっと用事があるんだ」

『どんな用事？』

「宮前《みやまえ》と出かける予定があるんだ」

『そうなんだ。でも私もその日にデートしたいんだよね』

「口調はにこやかだけど、まったく引く気配がない！」

「そうだな。そういうことなら、なんとかしないとな」

「変なところでポジティブ！」

『ちゃんと、ふたりきりでデートしたいんだよね。丸一日』

「さらに無理難題ふっかけてきた！」

「――なかなか難しいな」

「桐島《きりしま》、負けるな、ダブルブッキングなんてするな！」

『そうだよね。難しいよね。でもさ』

早坂《はやさか》さんは、にっこり笑ってるんだろうなあ、とスマホ越しでもわかるくらい明るい口調でいう。

『桐島《きりしま》くん、私たちのいうことは？』

「絶対」

ということで、早坂《はやさか》さんとも土曜日にデートすることが決まり、通話は終わった。

「アホ～！」

さっきからこまめに合いの手を入れていた浜波《はまなみ》がいう。

「今すぐそのルールを撤廃しろ〜！　その、いうことは絶対ってやつ！　ろくなことにならないから！」

なんて浜波《はまなみ》がいっているうちに、また別のスマホが震える。画面には、『橘《たちばな》ひかり』と表示されている。

「どうかした？」

『うん、女の子とヤりまくり司郎《しろう》くんにお願いがあって』

「火の玉ストレート‼」

『土曜日、デートしたいんだよね。ふたりきりで、丸一日』

「つぶしにきてます！　この女たち、桐島《きりしま》先輩をつぶしにきてます！」

「わかった、なんとかしよう」

「トリプルブッキング！　きいたことない！」

『楽しみにしてるね』

ということで宮前《みやまえ》と早坂《はやさか》さんと橘《たちばな》さん、三人と土曜日に、ふたりきりで丸一日デートすることが決まり、通話は終わった。

俺はスマホを柳行李《やなぎごうり》に入れ、編《あ》み笠《がさ》をかぶりなおす。

「浜波《はまなみ》、そろそろ下山しようか。週末に向けて、俺も準備しないと」

「正気⁉」

「全力彼氏として、三人を満足させるデートをする」

「物理的に不可能では⁉」

「どこにいこうかな」

俺は登山道をくだりはじめる。

「あ、こら、桐島《きりしま》、ちょっと待て、冷静になれ。三人同時にデートなんてできるわけない！」

「橘《たちばな》さん、最近、動物が好きっていってたな」

「おい、桐島《きりしま》、戻ってこい！　死ぬぞ〜！」

阿弥陀ヶ峰《あみだがみね》に浜波《はまなみ》の声が響いたのであった。

◇

迎えた土曜日、俺はまたもや洋服でヤマメ荘をでた。和服のオプションもあるといったが、三人とも拒否した。

自転車で京都の街中にゆき、駐輪場に自転車を停《と》める。待ちあわせのカフェにいくと、宮前《みやまえ》がすでにテラス席に座っていた。

宮前《みやまえ》はなんだか、そわそわしていた。俺はいつも待ちあわせの五分前には着く。今日は準備に手間取って、ぎりぎりになってしまった。宮前《みやまえ》にとっては、いつもの五分前に俺があらわれなかったことが不安らしい。

俺のスマホにポコンとメッセージが届く。

『私もう着いてるよ～』

みれば宮前《みやまえ》がスマホをいじっている。そして顔をあげてきょろきょろするが、俺をみつけられず、またスマホをいじる。立てつづけにメッセージがポコンポコンと届く。

『ねえ、まだ？』

『なにかあった？』

『大丈夫？』

『もしかして、私とデートしたくなかった？』

『ごめん、ごめん』

『もうわがままいわないから～』

宮前《みやまえ》は泣きそうな顔になっている。

俺はテラス席に近づいていって、そんな宮前《みやまえ》に声をかける。

「宮前《みやまえ》～」

ぱっと顔を明るくする宮前《みやまえ》。

「そういうとこだぞ～」

「なんのことかようわからんばい」

宮前《みやまえ》はしれっとした顔でメッセージを消しはじめる。

「宮前《みやまえ》、もっと自分に自信を持つんだ。もし、宮前《みやまえ》をないがしろにする男がいたら、追いかけるんじゃなくて、ほうっておけ。そいつはよくないやつなんだから」

「なんか桐島《きりしま》が説教くさい」

「宮前《みやまえ》がしっかりした女の子になるためなら俺は何度でもいっていくからな～!!」

全力彼氏生活にあたって、俺は完全に無策というわけではない。

彼女たちの気持ちを受け止めながらも、当然、この状況の解決を意識している。

なかでも宮前《みやまえ》の問題ははっきりとしていた。宮前《みやまえ》がわかりやすいダメな女の子で、変な男に引っかかるのが全ての原因だ。

宮前《みやまえ》がしっかりした女の子になれば、きっと俺への依存もなくなる。

だから宮前《みやまえ》がダメ女の挙動をみせるたびに、ちくちくと指摘していた。宮前《みやまえ》教育計画だ。

そして教育しなければいけない場面がさっそく訪れた。

「ちょっと買い物したい」

宮前《みやまえ》がそういうので、駅ビルのなかのデパートに入っていったときのことだ。てっきり冬服でも選ぶのかなと思っていたら、紳士ものの売り場のある階で足を止める。

ブランドものの財布やパスケースがならんでいるコーナーをみてまわり、やがて革のキーケースを手に取った。

「これかな」

「ん？　紳士もの使うのか？」

「桐島《きりしま》、キーケース欲しいっていってたでしょ？　私が買ってあげるよ」

「おい～!!」

俺は宮前《みやまえ》の肩をつかんでゆさぶりながらいう。

「しっかりした女の子はむやみやたらに、男に物買って与えたりしないの！」

「でも～！　でも～！」

「そういうのは自分で買わさないとダメ！」

「自分で買わす……あ、わかった！」

宮前《みやまえ》がひらめいた顔をする。

「桐島《きりしま》が寝てるときに財布にお金入れとけばいいんだ！」

「発想力すごいな！」

俺は根気強く宮前《みやまえ》に説明した。

「男に高いものプレゼントしちゃダメだから。それをしないで離れていく男は最初からろくでもないやつだし、高いプレゼント平気な顔で受け取るのもたいがいだから。わかった？」

「わかったばい」

そして俺は自腹で宮前《みやまえ》が選んだキーケースを買った。宮前《みやまえ》はいいものを選ぶタイプなので、かなり痛い出費だった。

「じゃあ、どこいこっか？」

宮前《みやまえ》がいうので、俺は事前に考えていたことを提案する。

「最近、つかれてないか？」

「え？」

「宮前《みやまえ》は授業にちゃんとでるし、レポートも課題もしっかりやってバイトもしてる。肩とか首とか、凝ってるんじゃないのか？」

「うん、なんか——」

宮前《みやまえ》は少し考えるような仕草をしてからいう。

「凝ってるような気がしてきた！」

「だろ？　ということで」

俺が宮前《みやまえ》を連れていったのは——。

ヘッドスパ専門店だった。

店に入った瞬間から、リラックスを促すアロマの香りがする。個室でヘッドスパとヘッドマッサージ、肩のほぐしもやってくれる店だ。

「桐島《きりしま》……私のことこんなに気づかってくれるんだ……」

「ああ。お互いほくほくにリフレッシュした状態でまた会おう」

宮前《みやまえ》が個室に案内されて入っていく。俺はそれを見届ける。そして自分は個室に入らず、きびすを返して店をでた。駐輪場までダッシュして自転車に飛び乗る。

ここからが俺の戦いだった。

◇

宮前《みやまえ》とデートしていた場所から少し離れたところにある駐輪場に自転車を停《と》め、俺は待ちあわせ場所の駅の前に走っていく。

橘《たちばな》さんが立っていた。ロングスカートにジャンパーを羽織ってポケットに手を突っこんでいる。ガーリーだけど少しだけボーイッシュ。

「待った？」

「五分くらい」

「ごめん」

「いいよ」

橘《たちばな》さんは俺の手をつかむと自分のポケットに入れた。そのままシれっとした顔で歩きだす。相変わらずクールだけれど、その落ち着きのなかに深い愛情があることが、ポケットのなかの握った手から伝わってくる。

自転車を漕《こ》いでいたときの興奮が落ち着いていく。

冬の街を橘《たちばな》さんと歩く。それだけで俺はなにもいえなくなってしまう。あまりに自然なのだ。

本当は、俺と橘《たちばな》さんはこうやって歩いているだけで、それだけでいいのだろう。

「今日は動物とふれあえるところにいこうと思うんだ」

なんともなしに俺はいう。

「最近、動物園によくいくっていってただろ」

橘《たちばな》さんは東京の芸大に通っているから、東京にいることが多い。こっちに用事があるときや、休みの日に京都にやってくる。そして東京にいるときはよく動物園にいっているという。

でも橘《たちばな》さんはそのことにふれると、気まずそうに目をそらした。

「え、なに？　動物園いきまくってるっていってたよな？」

「うん……まあ、とても頻繁にいってはいる」

「そのリアクション……まさか講義さぼるのにちょうどいい場所が動物園ってこと？　大学の近くにあるから？」

「私、動物好きだよ」

あくまで動物が好きというスタンスをアピールするので、当初の予定どおり猫カフェにいった。橘《たちばな》さんとならんでソファー席に座る。店内ではたくさんの猫が放し飼いにされていて、気ままに過ごしていた。

「うん、わるくない」

橘《たちばな》さんは猫を膝《ひざ》の上に乗せながらいった。猫に好かれるたちのようで、向こうから寄ってきた。そんな感じで猫と遊びながらコーヒーを飲む。

時折、沈黙の時間があった。

特になにかいう必要はなかった。俺と橘《たちばな》さんの関係においてはきっと多くの言葉を必要としない。でも、だからこそ、どこかで言葉にして相手に伝えなきゃいけない想《おも》いもある。

そんなことを考えながら、カップのなかのコーヒーをみつめていた。

ふと、顔をあげる。そして、俺は驚く。

「え、なにそれ」

「なんか、いっぱい寄ってくる」

橘《たちばな》さんに店じゅうの猫が寄ってきていた。膝《ひざ》の上だけでなく足のまわりにもいるし、ソファーの背もたれから肩に額をこすりつけている猫もいる。

「俺のとこにはこないんだけど」

「一匹渡そうか？」

橘《たちばな》さんが膝《ひざ》に乗っていた猫を両手で持つ。胴体と足をだらんとさせて伸びる猫。しかし橘《たちばな》さんが俺に向かって差しだした瞬間、猫はしゃーっ！　と荒ぶった。

結局、猫たちは橘《たちばな》さんに大集合した。橘《たちばな》さんは頭の上にも猫を乗せることになった。

「これ……けっこういいかも……」

毛玉たちにかこまれて恍惚《こうこつ》とした表情の橘《たちばな》さん。これはチャンスかもしれない。

「橘《たちばな》さん、そのまま堪能《たんのう》していてくれ」

猫で幸せトリップしている橘《たちばな》さんをその場に残し、俺は猫カフェをでて、走って駐輪場へ向かう。そして自転車に乗り、立ちこぎで到着したのは水族館の前だった。

息を切らしながら顔をあげれば、キャメルのダッフルコートを着た、かわいらしい女の子が俺を待っていた。

早坂《はやさか》さんだ。

◇

薄暗い空間、青く輝く水槽のなかを白いクラゲが漂っている。

「なんだか癒《いや》されるね」

早坂《はやさか》さんはクラゲを眺めながらいう。

「ごめん、待たせてしまったよな」

「ううん、たった十五分だもん」

早坂《はやさか》さんはにこにこ笑っている。

「桐島《きりしま》くんを待ってるあいだに男の人に声かけられて困ったり、水族館に何組ものカップルが入ってくのを見送って寂しい気持ちになったりとか、そんなこと全然ないから」

早坂《はやさか》さんは水族館をとても楽しそうにまわる。

「水族館でよかったのか？」

「どうして？」

「早坂《はやさか》さんの住んでるところ、海あるだろ」

「海はあるけど、クラゲをこんなふうにみれるわけじゃないし」

それにさ、と早坂《はやさか》さんはいう。

「結局、デートなんてどこでもいいんだよ」

「えぇ～」

「好きな人と同じ時間に同じ場所で、同じことをして過ごすのがいいんだから。ま、誰かさんは遅れてきたけどさ」

「面目ない……」

「いこ！」

早坂《はやさか》さんが俺の服の袖をつまんで歩きだす。それから俺たちはエイをみて、オオサンショウウオをみて、寝ているアザラシをぼーっと眺めて、イルカショーではしっかり水をかけられた。土産物売り場では、早坂《はやさか》さんがイルカのぬいぐるみに熱い視線を送っていたから、俺はそれを買って渡した。

「えへへ、ありがと」

早坂《はやさか》さんが笑ってくれて、俺も嬉《うれ》しい。

「でもよかったの？　桐島《きりしま》くん貧乏学生でしょ？」

「最近は稼いでいる」

「バイト？」

「すっぽんだ」

「すっぽん？」

「すっぽんをつかまえて、大学構内で売りさばいている。桐島印《きりしまじるし》のすっぽんエキスだ」

「…………」

水族館をでたあと、早坂《はやさか》さんはドラッグストアに寄りたいといった。化粧品を切らしているらしい。

それで俺がドラッグストアに連れていってあげると、あれもいいな、これも試してみようかな、と化粧品売り場で真剣な顔で考えはじめた。女の子が化粧品を選ぶとき、めちゃくちゃ時間がかかることを俺は知っている。

「桐島《きりしま》くん、ごめん。ちょっと時間かかっちゃうかも」

「大丈夫だ、俺のことは気にしないでくれ」

俺はドラッグストアをでると、また走りだした。

ヘッドスパの専門店に駆けこむと、ちょうど宮前《みやまえ》がでてくるところだった。ロングコースにしておいてよかった。

「気持ちよかった〜」

ほくほくになった宮前《みやまえ》が首をかしげながら俺をみる。

「あれ？　桐島《きりしま》、なんか逆につかれてない？」

「いや、そんなことはない……俺も、ほくほくだ！」

ここからの俺は大車輪の活躍だった。

宮前《みやまえ》、橘《たちばな》さん、早坂《はやさか》さんの順に、隙をついてはローテーションでデートをつづけた。

映画を観《み》ているときにこっそり抜けだしたり、VR体験でゴーグルをつけて外すまでのあいだにいって戻ってきたり、背中をみせた隙に他のところへいったりといった感じだ。

困ったのはお昼ご飯のときだ。

「オムライスの有名な洋食屋さんがあるんだよ〜」

宮前《みやまえ》に連れていかれたのは大盛りオムライスの店だった。そこまではまだいい。

そのあと橘《たちばな》さんの元に駆けつけると、橘《たちばな》さんは俺の口《くち》の端《はし》を指でなぞった。

「ソースついてる」

「あ、ああ」

橘《たちばな》さんは目線を上にあげて、少し考えるような表情をしてからいう。

「お昼、焼き肉にしよっか」

「京都のおばんざいの店にいこうっていってなかった⁉　すっきりした和食が食べたいって」

「焼き肉いこう」

ゆずらない橘《たちばな》さん。結局、俺は焼き肉を食べ、早坂《はやさか》さんの元へと走った。

「全然待ってないよ。三十分くらい」

早坂《はやさか》さんはにこにこしながらそういったあとで、「うん？」と首をかしげ、次に俺の体に顔を近づけ、匂いをすんすんとかいだ。

「焼き肉って、匂い残るよね」

「さっき焼き肉店の前をとおったときかな？」

「お昼はかつ丼にしよっか」

俺はかつ丼も食べた。

そんな感じでぐるぐるやっていたわけだが、お昼を食べすぎて動きがにぶったせいか、はたまた三人と一日中ふたりきりでデートするというコンセプトに無理があったか、スケジュールは後ろに押しまくり、夕方になるころには女子たちから不満の声があがりはじめた。

「桐島《きりしま》～、いなくならないでよ～！」

涙目ですがりついてくる宮前《みやまえ》。

「司郎《しろう》くんが私をないがしろにする……」

口をとがらせる橘《たちばな》さん。

「もしかして桐島《きりしま》くん、私が楽しいからにこにこしてると思ってる？」

爆発三秒前といった空気の早坂《はやさか》さん。

かなりピンチな状況だ。でも、俺は全力彼氏としてやり遂げなければいけない。

しかしどうやって？　いろいろ考えていたそのときだった。

「仕方がないなあ」

早坂《はやさか》さんがいった。大型書店にいるときのことだ。欲しい本があるというので立ちよったのだが、買った小説をすぐに読みたい気分だという。

「楽しみにしてたからさ。ちょっと読書していい？」

その書店にはカフェも併設されている。

「あそこで読んでるね。そのあいだ桐島《きりしま》くんヒマになっちゃうから、どこかいっててもいいよ」

「早坂《はやさか》さん……その、ありがとう……」

「一冊読み終わるまでには戻ってきてよね。それで晩ご飯はちゃんと一緒に食べよ?」

「ああ」

早坂《はやさか》さんのおかげでみえた一筋の光明。

俺はこの無理難題と思われたトリプルブッキングデートを成功させるべく、京の街へと躍りでた。

◇

「もうマッサージいらない！　体軽くなりすぎてどこもわるいとこない！」

整体の店に迎えにいったところ、健康になりすぎた宮前《みやまえ》が腕にしがみついてくる。

このトリプルブッキングにおいて、個別にサービスを受けるマッサージ系はこっそり席を外すのに都合がいい。それゆえ、ヘッドスパだけでなく整体やら鍼《はり》やらを宮前《みやまえ》に使いすぎたのだった。

「もう桐島《きりしま》から離れないから！」

宮前《みやまえ》は一歩も動かないぞという幼児の構えをとる。

早坂《はやさか》さんのいうとおりで、デートをするからには同じ場所で同じ時間を過ごすことが大事なのだ。それをできていなかったのだから、本当に申し訳ないと思う。

「宮前《みやまえ》、最後にいきたい場所があるんだ」

「いかない！　どうせ私をひとりにするんでしょ！　やだ！」

「宮前《みやまえ》の部屋には、俺の箸がないだろ？」

「うん……」

そこで宮前《みやまえ》が表情を明るくする。

「わかった！　私がそれを買ってあげればいいんだ！」

「ちがうって」

俺は、マッサージを受けすぎて肌がつるつるになっている宮前《みやまえ》の額にデコピンする。

「今回は、俺にプレゼントさせてくれ」

向かったのは少し高級なお箸を販売しているお店だった。細工が精巧で、塗りがきれいなオーダーメイドのお箸もつくっている。

箸は事前に注文しておいた。

「プレゼントだから宮前《みやまえ》のもあるぞ」

店員さんから受け取った紙袋を、宮前《みやまえ》に渡す。

「あけていい？」

「もちろん」

宮前《みやまえ》は丁寧に包装をとき、箱をあける。なかには大きな箸と、少し小さな箸が入っている。

そしてそれぞれの箸に、『Shiori』と『Shirou』という、ふたりの名前が彫られていた。

どちらかというと京都の観光にきた外国人向けの商品だったりする。でも宮前《みやまえ》は——。

「うわぁぁあ、うわぁぁぁ！」

と、感激の声をあげてくれた。

「桐島《きりしま》、ありがとう！　最高の贈り物ばい！」

おそろい大好きの宮前《みやまえ》の機嫌はそれですっかりよくなった。

それから俺は、るんるんになった宮前《みやまえ》と一緒に晩ご飯を食べ、宮前《みやまえ》を桜ハイツの部屋まで送り届けた。中盤以降はどうなるかという感じだったが、最後に宮前《みやまえ》は幸せそうに笑っていたから、宮前《みやまえ》とのデートは成功したといえるだろう。

別《わか》れ際《ぎわ》、宮前《みやまえ》がいう。

「私、桐島《きりしま》が安心できるしっかりした女の子になるからね」

「ああ。期待しているぞ」

そして俺はまた京の街へと舞い戻るのだった。

◇

橘《たちばな》さんはハリネズミカフェで手にハリネズミを乗せていた。

「動物は好きだけど、周りがみえなくなるほどじゃないよ」

息を切らして戻ってきた俺をみて、橘《たちばな》さんはいう。

「動物園だって、講義さぼるときにちょうどいい場所だからいってるだけだし」

「うん、それは知ってる」

橘《たちばな》さんはぷいと俺から顔をそらす。そしてハリネズミのお腹《なか》を指先でこちょこちょする。

ハリネズミは小さな手で橘《たちばな》さんの指をぽんぽんする。

「お前はいい子ね。誰かさんとちがって、ちゃんと私と遊んでくれるもんね」

「……その、ごめん」

「今日はもうこの子たちと遊んでよっかな」

俺が席を外しまくったわけだけど、橘《たちばな》さんは怒っている感じではない。

ただ、そのクールな横顔がとても寂しそうだった。

だから、俺はカバンからケースを取りだし、そのケースのなかに入っていたメガネをかける。

橘《たちばな》さんが買ってくれた、あの縁の丸いロイドメガネだ。トルーマン・カポーティも愛用したというメーカーのメガネ。

「どうだろうか」

俺がきくと、橘《たちばな》さんは表情ひとつ変えず、無言で近づいてきて俺の手を取った。

「いこっか」

新京極通《しんきょうごくどおり》をぶらぶらと歩く。橘《たちばな》さんはメガネをかけた俺の顔をみていう。

「やっと司郎《しろう》くんが本物になった」

それから俺たちは晩ご飯を一緒に食べ、京都駅まで橘《たちばな》さんを送ることになった。橘《たちばな》さんは桜ハイツの部屋ではなく、東京に帰る。

文化祭シーズンも終わり、きっと、もう橘《たちばな》さんには桜ハイツの部屋は必要ない。それでも部屋をそのままにして、こうして京都に通っているのは、ここに俺がいるからなのだろう。

橘《たちばな》さんはそのことについてふれることなく、ただ静かに俺のとなりにいてくれる。

「じゃあね」

改札の前まできたところで、橘《たちばな》さんはいう。

「新幹線のところまで一緒にいくよ」

俺は生まれて初めてホームへの入場券を買った。入場券のボタンは券売機のボタンのなかでも外れたところにあった。どこにも向かわない、人を見送るためだけの切符。

ホームのベンチに横並びで座りながら新幹線を待っているとき、俺はなんともなしにいった。

「橘《たちばな》さんとの思い出、ひとつも忘れてないよ」

「うん」

橘《たちばな》さんがうなずいたところで、新幹線がホームに入ってきた。扉が開いて、橘《たちばな》さんが乗りこんでいく。

「いいたいことがないわけじゃないけど」

橘《たちばな》さんはプイと横を向いていう。

「今日はありがとう」

そういって新幹線のなかから手を差しだしてくる。俺はその少し冷たい手を握って、握手をした。

発車のベルが鳴って、俺は手を離して車両から一歩さがる。

「司郎《しろう》くんはうかつだね」

橘《たちばな》さんしれっとした顔でいう。

「次は引っ張りこむから」

そういって少しだけ笑うのだった。

俺は新幹線がみえなくなるまで、ホームに立って見送った。

橘《たちばな》さんの笑顔、差しだされた手。

——次は引っ張りこむから。

冗談めかしていたけれど、手を握ったとき、橘《たちばな》さんはそうすることを想像したんじゃないだろうか。そうしたかったんじゃないだろうか。

でも今はそれより——。

俺は急いで京都駅からでて、大型書店へと向かう。

店内に駆けこむと、すでに閉店間際《まぎわ》で、人は全然いなくなっていた。エスカレーターを早足で上り、ブックカフェのある階にいく。

最後のひとりの客として、早坂《はやさか》さんはそこに座っていた。

頬杖《ほおづえ》をつきながら、俺をみて、「桐島《きりしま》くんは仕方ないなあ」という笑顔を浮かべている。

テーブルの上の小説は三冊になっていた。

ごめん、と俺がいうよりも先に、早坂《はやさか》さんが口をひらいた。

「一緒にいるのがデートっていったけどさ」

早坂《はやさか》さんはいう。

「待ってる時間もデートのうち、っていう名言もあった気がする」

◇

早坂《はやさか》さんは京都まで車できていて、俺はその助手席に乗った。

国道沿いの夜の風景が、前から後ろに流れていく。

海辺の街へ向かっていた。

俺はこの全力彼氏生活のなかで、宮前《みやまえ》の部屋や橘《たちばな》さんの部屋に一定間隔のローテーションで泊まっていた。そして今夜は早坂《はやさか》さんの部屋の番だった。

「ちょっと寄るね。私、なにも食べてないからさ」

早坂《はやさか》さんの愛車のスバルが、ラーメン店の駐車場に入っていく。夜も遅めなので、こぢんまりとした店のなかに客は誰もいなかった。

俺と早坂《はやさか》さんはカウンター席に横並びで座る。

「桐島《きりしま》くんは水でも飲んでなよ。お腹《なか》いっぱいなんでしょ」

「ありがとう、助かるよ」

「晩ご飯、なに食べたの？」

「トンカツとちゃんこ鍋」

「そうしたくなる気持ちはわかる」

早坂《はやさか》さんは笑った。

ほどなくしてラーメンがだされる。たくさんニラが載った台湾ラーメンだった。

早坂《はやさか》さんはふうふうしてから食べはじめる。幸せそうな表情。

「私ね、大学生になったらこういう店に恋人ときたいな、って思ってたんだ」

「そしてカウンターで一緒にラーメンを食べる」

「そういうこと」

俺は少し考えたあと、厨房《ちゅうぼう》に向かって手をあげて、同じ台湾ラーメンを注文した。

「無理しなくてもいいのに」

「無理ではない」

そういいながらも、俺が食べ終わったのは早坂《はやさか》さんよりもだいぶ遅れてだった。でも、水を何杯も飲みながら、なんとか全て食べ切った。

それをみて早坂《はやさか》さんはあの困ったような笑顔でいった。

「バカ」


日付が変わる前に海の街についた。

早坂《はやさか》さんのアパートの部屋は相変わらず小ぎれいで、本棚には大学の講義で使う本がならび、かわいらしい小物類が棚や机の上に置かれていた。

俺たちは交互にシャワーを浴び、寝る準備を整えた。俺はお泊まり道具として持ってきたジャージに着替えた。

電気を消して、一緒にベッドに入る。枕元に置かれたリモコンで暖房を切ると、部屋はいっきに寒くなった。でも、そのぶん布団《ふとん》のなかの早坂《はやさか》さんの体温をより一層強く感じることができる。

「布団《ふとん》からでちゃってない？」

「大丈夫だ」

冬の夜、小さなベッドで体を寄せあう。互いを温めるように、俺たちは抱きあった。そうしていると、やっぱり早坂《はやさか》さんのやわらかい体を意識してしまう。早坂《はやさか》さんのパジャマは生地が薄くて、その輪郭がしっかりとわかるし、下着の感触も手に伝わってきてしまう。

湿った吐息が、俺の胸にあたって熱がこもる。

早坂《はやさか》さんはそれに気づき、さらに口を押しあてて息をいっぱい吐き、その部分を熱くする、いたずらっ子のようなことをした。

えへへ、と顔をあげて笑う早坂《はやさか》さん。

でもそんな冗談めかしたことも、互いの体の近さを再認識することにしかならなかった。早坂《はやさか》さんとこんなふうにしていると、やはり高校のときの感覚がすぐに戻ってきてしまう。

俺が強く抱きしめると、早坂《はやさか》さんは「あ」と甘い息を漏らす。

手を背中の輪郭に沿って滑らせる。なめらかな曲線、そこから腰、下着の浮いたライン、太もも。

早坂《はやさか》さんは体を小さく震わせ、反射的にお腹《なか》の下を俺に押しつけてくる。早坂《はやさか》さんの体のやわらかい感触。

「桐島《きりしま》くん……」

早坂《はやさか》さんが顔をあげる。

頬に張りついた細い髪、どこか不安げな眉、涙をためたような瞳、くちびる。

俺の胸の奥にある、十七歳のときの、この女の子が愛おしいという気持ちがとめどなくあふれてくる。

どちらともなく顔が近づいていく。早坂《はやさか》さんの前髪が、俺の額にふれる。くちびるとくちびるが今にもかさなりそうなところで――。

「これ以上はやめとこ」

そういって、早坂《はやさか》さんは俺の胸に顔をうずめた。

今回の全力彼氏生活にあたって、スキンシップの制約は存在しない。俺たちはもう大学生で、そのあたりは自由でいいんじゃない、という話になったのだ。

だから、俺は宮前《みやまえ》とも、橘《たちばな》さんとも、そういうことができる。でも――。

「桐島《きりしま》くん、ふたりとキスもしてないでしょ？」

早坂《はやさか》さんがいって、俺は「ああ」とうなずく。

「宮前《みやまえ》は俺と一緒にいるだけで満足しているみたいだ」

おそろいのパジャマを着て、一緒に洗面台の前で歯を磨いているだけで、「幸せ〜」と、にこにこして、へにゃ〜っとなるのが宮前《みやまえ》だった。

橘《たちばな》さんは――。

『遠野《とおの》さんにわるい』

そう、いっていた。

俺にちゃんとした彼女がいる。

そこが、高校時代の共有関係との決定的なちがいだった。

そして、なにより橘《たちばな》さんがいっていたのは——。


『こういうことしたいわけじゃない』


二番目彼女三人による共有をしたいわけじゃない。それが橘《たちばな》さんの本心だった。じゃあ本当はなにがしたいかということについて、橘《たちばな》さんはその先を語らなかった。

そのことを早坂《はやさか》さんにいうと、

「私も橘《たちばな》さんと同じ」

と、早坂《はやさか》さんは俺の胸に顔をうずめたままいった。

「遠野《とおの》さんのこと考えると、本当の気持ちなんていえない。桐島《きりしま》くんとキスできない」

そのくせ、と早坂《はやさか》さんはいう。

「きっぱり桐島《きりしま》くんと会わないってこともできないんだ。卑怯《ひきょう》だよね……」

そこで早坂《はやさか》さんは黙りこみ、しばらくたって、「ごめん」といった。

「桐島《きりしま》くんが前に進もうとしたのはわかってるんだ。私が前に進まなくちゃいけないこともわかってるんだ」

だからね、と早坂《はやさか》さんはつづける。

「もうちょっとだけこのままでいさせて。ちゃんと卒業するから。今度こそ、桐島《きりしま》くんを卒業するから」

大学二回生の冬。

解くすべもない惑ひのなかにいるのは俺だけではなかった。

第19話　天才軍師浜波《はまなみ》

結局のところ、正解、不正解というのは局所的で相対的な話でしかなかった。

宮前《みやまえ》におそろいのお箸をプレゼントする。

橘《たちばな》さんの前でメガネをかける。

それらはふたりに対して正解で誠実な行為ではあったわけだけど、遠野《とおの》との関係においてはとてもよくない行為だった。

俺のなかの「惑ひ」は相対性のなかにあった。

そして遠野《とおの》はとてもいい彼女だった。

「桐島《きりしま》さん、がんばってください！」

遠野《とおの》が俺の背中を押す。

朝早くのことだ。俺たちは哲学《てつがく》の道《みち》に沿ってランニングをしていた。

遠野《とおの》は最近忙しい。大学の部活だけでなく強化指定選手でもあるからなにかといろいろな選抜に選ばれて、合宿や試合がたくさんあって、しょっちゅう遠征にいっている。

しかし昨日の夜は久しぶりに時間があったので、一緒に食事をし、俺は遠野《とおの》の部屋に泊まった。そして、ふたり仲良く眠ったわけだが、朝になると布団《ふとん》のなかに遠野《とおの》がいなかった。

みれば、遠野《とおの》はランニングウェアを着て、部屋のなかでストレッチをしていた。起きた俺をみて、遠野《とおの》は瞳のなかに炎を灯《とも》しながらいった。

「桐島《きりしま》さん、ランニングいきましょう！」

「え、寒いんだけど」

「………」

ベッドからずるずると引きずりだされた。

どうやら遠野《とおの》は俺の健康を心配してくれているらしかった。

「桐島《きりしま》さん、最近ちょっと顔色がわるいです。勉学に励まれているのはけっこうなことですが、やっぱり体力がないと！」

ということで、遠野《とおの》によるランニング教室がはじまったのだった。

「おいっちにい、おいっちにい、もっと腕を振りましょう！」

背中をつんつん小突かれる。

「遠野《とおの》、スパルタがすぎるぞ！」

「え？　女子小学生より遅いペースですよ？」

「え？　ランニングどころか全力ダッシュしてるつもりなんだけど？」

俺が今走っている速度はだいたい一キロ八分くらいらしい。ちなみに遠野《とおの》がひとりで走ると、テキトーにやっても一キロ四分くらいにはなるという。

実際、遠野《とおの》は余裕たっぷりだった。

「ど〜ん！」といってぶつかってきたり、「負荷をかけましょう！」と、後ろから抱きついてきたりする。

しばらくそんな感じで走ったところで自動販売機をみつけ、俺は立ちどまる。

「ちょっと休憩、なにか飲ませてくれ」

「桐島《きりしま》さんは体力ないですね〜」

「遠野《とおの》がじゃれついてきたせいもあると思うけどな〜」

ぶつかられたり抱きつかれたりするたびに俺の体力は減っていったのだった。

俺は自動販売機でスポーツドリンクを買って飲む。遠野《とおの》はそんな俺の様子さえ、にこにこと見守っている。

俺の健康のためというのは本当だろう。でもきっと、会う時間が少なくて、遠野《とおの》は寂しかったのだ。だから、俺はいう。

「もうちょっと走るか」

「はい！」

俺たちは五キロほど走った。遠野《とおの》の部屋に帰り、汗で体が冷えないうちに、一緒にシャワーを浴びる。仲良しだから、互いに体を洗ったりもする。

遠野《とおの》の体は美しかった。白い肌の上をシャワーのお湯が流れていく。俺が思わずみとれていると、遠野《とおの》は恥ずかしそうに身をよじった。そうやって顔を赤くしていたが、「いいですよ」といって抱きついてくる。

しばらく熱いシャワーを浴びながら、互いの肌をさわりあった。でも——。

「ダメですダメです！」

遠野《とおの》がぴょんと俺から離れる。

「今日はこのあとおでかけしなくちゃいけないんですから！」

そのとおりだった。俺たちはいそいそと風呂場《ふろば》からでると、服を着て髪を乾かし、でかける準備を整えた。玄関で、「よし！」と遠野《とおの》が気合いを入れる。

「今日はがんばりましょうね」

遠野《とおの》はにっこり笑っていう。

「福田《ふくだ》さんをカッコいい男にプロデュースです！　早坂《はやさか》さんが惚《ほ》れちゃうくらいに！」

◇

福田《ふくだ》くんは勉学に励行する男である。

高校のころは農業学校で学び、大学に入ってからも講義にちゃんと出席し、日々の自学自習にも余念がない。また、よく実る稲を開発するという高い志も持っている。

明確な目標を持っている人間がそうであるように、福田《ふくだ》くんは寡黙に努力をつづけ、日々、その目標に向かって邁進《まいしん》していた。

そんな福田《ふくだ》くんが秋の終わりから、突然、筋トレをはじめた。

「福田《ふくだ》くんも勉強には体力が必要派のひとりになったか」

俺はいった。

押し入れで育てていた豆苗のおすそ分けを持っていったときのことだ。となりの部屋の扉を開くと、福田《ふくだ》くんが「う〜ん」とぷるぷる震えながら腕立て伏せをしているところだった。

「桐島《きりしま》くんは、不健康であればあるほど孤高の天才感がでて勉強はかどる派のひとりだったね」

福田《ふくだ》くんはトレーニングを中断して立ちあがり、いった。

「勉強のためにしているわけではないんだ」

「じゃあ、シンプルに健康のため？」

「いや——」

そこで福田《ふくだ》くんは顔を赤らめながらいう。

「早坂《はやさか》さんのためっていったら、桐島《きりしま》くんは笑うかい？」

つまり、好きな女の子にアピールするために体を鍛えはじめたというのだ。

「僕は少しふっくらしているし」

福田《ふくだ》くんは自分の体をみながらいう。

「早坂《はやさか》さんは人を見た目で判断しないと思うが」

「わかっている。でも、僕がやりたいんだ」

早坂《はやさか》さんはとてもかわいらしい人だ、と福田《ふくだ》くんは照れながらいう。

「彼女のとなりを、胸を張って歩けるようになりたいんだ。それに——」

「それに?」

「好きだから、努力したい。見た目に気をつかうことは軽薄なことだろうか?」

いや、と俺は首を横に振った。

「とても誠実なことだと思う」

ヤマメ荘は福田《ふくだ》くんの応援一色になった。連日連夜、大道寺《だいどうじ》さんの部屋で、『福田《ふくだ》くん改造計画』の会議がおこなわれた。住人たちは大学で鍛えあげた脳を使い、たくさんのアイディアをだした。

「ジーパンのおしりのポケットにゲーテの格言集を入れておくのはどうか。インテリジェンスな魅力に早坂《はやさか》女史もイチコロだろう」

「いや、スキットルだ。あの銀色の缶にバーボンを入れて持ち歩き、おもむろに飲みだせばそのハードボイルドさにハートが撃ち抜かれることうけあいだ」

「煙管《キセル》がいい。普段は余裕たっぷりに煙管《キセル》をふかし、悪漢が襲ってきたあかつきにはその硬い煙管《キセル》でシバきあげる。天下無双の傾《かぶ》きっぷりに、さしもの早坂《はやさか》さんも思わず御免状《おめんじょう》をくださることだろう」

福田《ふくだ》くんはうんうん、とうなずいてメモをとっていた。

そんなある夜、遠野《とおの》が会議中の大道寺《だいどうじ》さんの部屋に入ってきた。遠征先で買ってきたお土産のきびだんごを持ってきたのだ。そして遠野《とおの》は机上に置かれた福田《ふくだ》くん改造計画の概要書をみて、顔を青くした。

「セ、センスがない……」

シンプルかつ素朴な反応にヤマメ荘の住人たちは恥じ入った。

「こんなもん福田《ふくだ》さん変人化計画です！」

遠野《とおの》は住人たちのつくった計画書に次々に赤でバッテンをつけていった。そして行動計画を上書きしていく。遠野《とおの》がやるべきこととして書きこんだ項目は三つだった。

その一、美容院で髪を切る。

その二、眉毛を整える。（サロン、もしくは私がやります！）

その三、背すじを伸ばしてあるく。（猫背厳禁！）

「めちゃくちゃ普通だ……」

ヤマメ荘の住人たちがそういうと、「普通でいいんです！」と、遠野《とおの》は住人たちがつくった十万字に及ぶ福田《ふくだ》くん改造計画を廃案にした。

「大道寺《だいどうじ》さんも真面目にやってください！」

「すまん、なんだか面白かったのだ」

次に遠野《とおの》は俺をみていった。

「桐島《きりしま》さんも、黙ってないでなにかいってください」

口をとがらせていう遠野《とおの》。おどけた感じでもあるが、その瞳のなかに、かすかな不安がみてとれた。

「福田《ふくだ》さんの恋をアシストするアイディア……ないんですか？　桐島《きりしま》さんは、アイディアマンじゃないですか……」

遠野《とおの》がもう一度、俺にいう。本人にその気はないだろうが、声が小さくなってしまっている。

俺は、大学祭のシーズン、風邪で寝こんでしまったときに、お見舞いにきた遠野《とおの》が枕元でいっていたことを思いだしていた。

『福田《ふくだ》さんの恋を応援すると口ではいっていますが……あまり積極的ではないようにみえまして……私のときはあんなに……』

福田《ふくだ》くんが遠野《とおの》に恋心を抱いていたとき、俺は遠野《とおの》が怒りだすほどに福田《ふくだ》くんの恋の応援をした。それに比べ、福田《ふくだ》くんの好きな相手が早坂《はやさか》さんになったときの俺の恋のアシストが、なんだか消極的であるように感じると、遠野《とおの》はいったのだ。

俺にそんなつもりはなかった。でも、客観的にみれば、おそらくそうみえただろう。あのとき俺のなかにあったのは、きっと早坂《はやさか》さんが言葉にしないようにしているものと同種の想《おも》い。

でも——。

俺はあらためて遠野《とおの》をみる。そして福田《ふくだ》くんも。

遠野《とおの》は一〇〇パーセント素敵な彼女で、福田《ふくだ》くんは俺の大学生活の恩人だ。だから——。

「服も大事かもしれない」

俺はいった。

「福田《ふくだ》くんが着ている服はどれも機能的だ。実直な性格があらわれていて好感が持てる。しかしデート用におしゃれなものを買って着ることで、相手のためなら自分を変えるという、恋への誠実さを伝えることができるんじゃないだろうか」

「たしかに！」

と、遠野《とおの》も元気を取り戻して同意する。

「しかし、どうしましょうかね。服を選ぶにはセンスが必要です」

「仕方がないな。ここはいいだしっぺの俺がひと肌脱ぐしかないか」

「私も女の子の服はちゃんとチェックしてますが、男の人のデートの服となると自信がないですね」

「よしっ、はっ、ほっ」

「誰かいらっしゃいませんかねえ、センスのある人。どこにもみあたりませんね〜」

おかしそうに笑う遠野《とおの》。

まあ、俺のバンカラなスタイルは着こなしのテクニックも必要だから、おしゃれに目覚めたばかりの福田《ふくだ》くんには難しいだろう。

「わかった。そういうことなら、うまくまとめてくれそうな助《すけ》っ人《と》に依頼しておこう」

ということが数日前にあり――。

俺は福田《ふくだ》くんをプロデュースすべく、朝早くランニングをしたあとシャワーを浴び、遠野《とおの》と一緒に街に繰りだしたのだった。

福田《ふくだ》くんは一足先に河原町《かわらまち》に着いていた。服を買うなら河原町《かわらまち》、と助《すけ》っ人《と》にいわれたのだ。

たしかに河原町《かわらまち》であれば、デパートもあれば路面店もあり、古着屋もある。

三人で、道端で待つ。ゆきかう人々。観光客に恋人たち。

「たい焼き食べてもいいですよね？」

隙あらばあんこを食べようとする遠野《とおの》が、近くのたい焼き屋さんに足を向けたそのとき、その待ち人はあらわれた。

服を選ぶために呼んだ助《すけ》っ人《と》だ。

デニムにブルゾンというカジュアルな格好ながら、色づかいが鮮やかで、とてもおしゃれにみえる。その助っ人《すけと》は開口一番、俺に向かって声を張った。

「わ、わ、わ、私を便利に使うんじゃない〜!!」

浜波《はまなみ》だった。

◇

「なんで私が〜!! なんで私が〜!!」

通りを歩きながら、浜波《はまなみ》が俺に抗議してくる。遠野《とおの》と福田《ふくだ》くんは、たい焼きを食べながら前を歩いている。

「このあいだは意味もなく山に連れていかれたし! 私を巻きこむんじゃない、バカ!」

といいつつ今回もきてくれるのだから、浜波《はまなみ》は後輩力がとても高い。

「浜波《はまなみ》しか頼れるやつがいないんだよ」

俺は不服そうな顔をしている浜波《はまなみ》にいう。浜波《はまなみ》は、「こんなもんで買収されませんよ」といいながら、遠野《とおの》が買った、たい焼きをかじっている。しかし——。

「ほら、やっぱおしゃれといったら浜波《はまなみ》だろ」

浜波《はまなみ》はまだ、たい焼きをかじっている。

「高校のころから髪型とかカバンとかセンスあっただろ」

浜波《はまなみ》はなにもいわない。

「俺の学年のやつらもよくいってたな。あの後輩の子、すごくおしゃれ、って」

浜波《はまなみ》の鼻がぴくっと動く。

「他人をコーディネートするとなると、なんていうの、生半可なおしゃれじゃなくて、やっぱ、みんなが認めるくらいのファッションセンスのある人に頼みたいだろ?」

浜波《はまなみ》の眉毛がこそばゆそうに動く。

「そういう人、浜波《はまなみ》しか浮かばないな～って」

ついに頭の上のアホ毛も立つ。

「ま、まあ、私ほどおしゃれな女子はなかなかいませんし、生まれ持った抜群のセンスも考えると、桐島《きりしま》さんが頼みたくなるのも仕方がありません。全然ノリ気にはなってないですけどね。まあ、でも、ここで私を選んだのは先輩にしては賢い選択だったんじゃないですかね。そうです、そうなんです。橘《たちばな》先輩や宮前《みやまえ》さんのことをおしゃれだってみんないいがちですがね、あのふたりはただ素材がいいだけ。美人が高級ブランドの服着ればそりゃキレイでおしゃれにみえますすよ。でもそれって当たり前のことですし、本人たちはなんも考えてないわけです。できあがった公式の変数に高い数値をハメてるだけなんです。じゃあ真のおしゃれは誰なのかといわれたら、やっぱ色やシルエットまで高い美的感覚で計算し、背が低かろうが服が安かろうが、どんな場面からでもおしゃれを繰りだせる女の子、つまり私とかになってくるわけですよ」

「めっちゃ早口でしゃべるじゃん」

「わかりました。いいでしょう。ここは浜波《はまなみ》・アヴァン・シャネルが手をかしてさしあげましょう」

すっかり機嫌をよくしたチョロい浜波《はまなみ》は、さっそく福田《ふくだ》くんをスニーカーショップに連れていった。

「やっぱバッシュですよね、一番かっこいいです」

遠野《とおの》がバスケットボールシューズのコーナーに吸いこまれていく。

「これなんかどうです？　超かっこいいですよ！」

「ぴぴ〜っ！」

浜波《はまなみ》が笛を吹くマネをして遠野《とおの》を指さす。

「え？　ダメ？」

「ダメです」

浜波《はまなみ》はいう。

「遠野《とおの》さんのかっこいいは、バッシュのかっこよさです。でもよく考えてください。バッシュだけが歩いていくわけではないんです。デートというシチュエーション、福田《ふくだ》さんに似合うかどうか、全体の服装との調和、そういうのを考えるのがコーディネートというものです」

「なるほど」

「はい、じゃあ次は桐島《きりしま》先輩！」

浜波《はまなみ》先生に指名されて、俺は壁面に飾られたスニーカーのひとつを指さす。「はあ」と浜波《はまなみ》はため息をついた。

「いえ、逆に期待どおりですけどね。そうです、男の子はだいたいそこでつまずくんです。ごてごてして、派手であればいいという小学生男子の発想から卒業できてないんです。ここにかかとの光る靴があれば先輩は迷わずそれを指さしたことでしょう」

「くそ〜、不正解だったか〜」

「はい、それでは福田《ふくだ》さん」

福田《ふくだ》くんは、「う〜ん」と考えこむ。そして、こういうのがいいんじゃないだろうか、と真っ白なスニーカーを指さした。

「正解！」

浜波《はまなみ》は福田《ふくだ》くんを指さしていう。

「そうです、そうなんです。最初はベーシックな白でいいんです。これを選べるか選べないかで変わってくるんです。これは大いなる一歩ですよ。靴は体の一番下にくるものですからね。ベーシックにしておけば、選べる服の幅も広がるんです！」

「ちょっと地味すぎる気がするけどなあ～」

「遠野《とおの》さん、この男しっかり教育したほうがいいですよ。着流しとかいうアホな進化をしたせいで、本来身につけるべきファッションセンスが中二で止まってる気配がします」

そのあとも、スタイリストと化した浜波《はまなみ》は、福田《ふくだ》くんを改造していった。ズボン、ジャケット、コート。そして服だけではない。美容院で髪を切り、眉毛はわざわざ専用のサロンにまでいった。

日が傾くころには、福田《ふくだ》くんはすっきりとした好青年になっていた。真面目な舞台俳優、といった感じの印象だ。

「なんだか、自分じゃないみたいだ」

福田《ふくだ》くんが照れながら前髪をさわる。

「すごいです！　ヤマメ荘の住人とは思えません！」

感激する遠野《とおの》。

「すんなりできあがったな。もっとてんやわんやするかと思ったが」

「時間をかければよくなるというものでもありません。私には最初からこの完成イメージがみえていましたしね」

福田《ふくだ》くんの変身が好評で、鼻高々といった様子の浜波《はまなみ》。

そんな感じで用も済んだので、せっかくだからと京の街中をぶらぶらと歩き、店先をのぞいたり、饅頭《まんじゆう》を買って食べたりしながら帰る。

そうして鴨川《かもがわ》デルタまできたときだった。

福田《ふくだ》くんは立ち止まると、おもむろにカバンのなかから、いかにも高級そうな紫の布につつまれた、長方形の箱を取りだした。

「これを桐島《きりしま》くんに贈りたいんだ」

そういって、手渡される。布をといてみれば、桐《きり》の箱で、なかには横笛が入っていた。

「これは一体……」

「桐島《きりしま》くん、胡弓《こきゆう》を壊してしまっただろ」

俺は今、胡弓《こきゆう》を背負っていない。秋、宮前《みやまえ》の彼氏だった森田《もりた》との一件で、我を忘れて胡弓《こきゆう》で殴りかかってしまったからだ。

「ヤマメ荘の着流しを受け継ぐものはみななにか楽器ができ、いつでもそれを奏《かな》でられる状態で暮らす風流人でなければいけない」

「そのとおりだ」

「だから新しい胡弓《こきゆう》を買おうかと思ったんだけど、どうせなら別の楽器にしようと思ったんだ。胡弓《こきゆう》は前の住人の誰かのものだったし、桐島《きりしま》くんは新しいスタイルを習得するのが好きみたいだから」

俺は笛の表面を指でなでる。とても雅《みやび》な笛だ。

「この笛を『葉二《はふたつ》』と呼ぶことにしよう」

「ああ。桐島《きりしま》くんが吹けば朱雀門《すざくもん》の鬼も機嫌をよくするだろう」

福田《ふくだ》くんはおかしそうに笑う。

「しかし、どうして。高かっただろうに」

「お礼だよ」

桐島《きりしま》エーリッヒへの、と福田《ふくだ》くんはいう。

「いつも桐島《きりしま》くんに助けてもらっているからね。今日も、本当にありがとう。おかげで自信がついたよ」

となりにいる浜波《はまなみ》が、「今日の手柄は全面的に私では⁉」と抗議の声をあげる。

「この笛はそんな桐島《きりしま》くんへのお返しなんだ。たしかに高かったけど、それは桐島《きりしま》くんへの感謝の気持ちということで受け取ってほしい。それに——」

福田《ふくだ》くんが遠野《とおの》をみる。遠野《とおの》は、えへへ、と笑う。笛のお金は遠野《とおの》もだしたらしい。

「僕たちからの親愛の証《あかし》だよ」

「ありがとう。そこで少し吹いてから帰るよ」

「桐島《きりしま》くんが笛を習得するのを楽しみにしているよ」

僕は先に戻って魚を焼く準備をしておくね、と福田《ふくだ》くんはいう。遠野《とおの》も、私も晩ご飯の準備手伝います！　といい、ふたりは一足先にヤマメ荘へと戻っていった。

俺は鴨川《かもがわ》デルタと呼ばれる川の中洲《なかす》にゆき、石のベンチに腰をおろした。膝の上に桐《きり》の箱を置き、川沿いを散歩している人たちを眺める。

「吹かないんですか？」

一緒についてきた浜波《はまなみ》がいう。

風が吹き、草木がゆれる。

「俺にこの笛を吹く資格があるだろうか」

俺は笛を眺めながらいう。葉《は》二《ふたつ》の名にふさわしく、とても趣深い。俺の京都スタイルの好みにあわせてくれたのだ。

「たしかに今日の俺は友情に値したろう。福田《ふくだ》くんのためにやれることをやった」

「コーディネートしたのは私ですけどね」

「しかし俺の心は、やはり惑いのなかにいたのだ」

福田《ふくだ》くんのとなりにいながら、どうしても早坂《はやさか》さんのことを考えてしまうのだ。

俺が福田《ふくだ》くんの恋を手伝うことを、早坂《はやさか》さんはどう思うだろうか。もし知っても怒ったりはしないだろう。きっと冗談っぽくプンスカした顔をするか、あの困ったような笑顔を浮かべるにちがいない。

でも、その表情の下に短い言葉では表現できない感情があることも知っている。

早坂《はやさか》さんもきっと、俺が着流しで隠した感情をわかっている。

「俺はそんな早坂《はやさか》さんとの関係を隠しながら、福田《ふくだ》くんに笑いかけている」

浜波《はまなみ》は俺の話をきいたあと、少し黙って鴨川《かもがわ》の流れを眺め、ぽつりといった。

「ふたりとも、楽しそうでしたね」

そのとおりだった。

遠野《とおの》も福田《ふくだ》くんも、今日一日ずっとにこにこしていた。桐島《きりしま》さん、桐島《きりしま》くん、ふたりの明るい声が耳に残っている。

「桐島《きりしま》さんのことが好きなんでしょうね」

「ああ。温かい好意を日々感じている」

「ふたりを裏切れるんですか？」

俺は首を横に振った。

「そうですか」

浜波《はまなみ》はまた考えごとをするように少し黙る。そして、いう。

「早坂《はやさか》先輩も、橘《たちばな》先輩も、遠野《とおの》さんに遠慮しているように思えます」

「そうだろうな」

ふたりともあのころより大人になっていて、遠野《とおの》や俺の京都でできあがった人間関係に気をつかって、いいたい言葉を飲みこんで、ためらいながら俺のとなりにいる感じだ。

つまりは迷い。

宮前《みやまえ》はただ俺と一緒にいれるのが嬉《うれ》しくてなんも考えてない感じだが、友だちである遠野《とおの》の顔がみえれば遠慮はする。

なるほど、と浜波《はまなみ》がうなずく。

「みんながみんな、遠野《とおの》さんを傷つけたくないと思っている。そして桐島《きりしま》先輩も。だったらやるべきことは自然と決まってくるのではないのでしょうか」

「そうだな。俺も薄々はわかっている」

遠野《とおの》と福田《ふくだ》くんを裏切らず、この状況を収める方法。それは——。

「ソフトランディングだ」

いった瞬間、「その言葉を使うのはやめましょう！」と浜波《はまなみ》がいう。

「なんで？」

「いえ、そうなんですよ？　遠野《とおの》さんと福田《ふくだ》さんにバレないうちに、早坂《はやさか》先輩、橘《たちばな》先輩、宮《みや》前《まえ》さんの三人の想《おも》いを受け止め、納得したうえで関係を友だちに戻すなり、思い出の人として決着をつけ、事態を収束させる。みなさんを傷つけずに丸く収めるにはそれしかないですし、その方法はたしかにソフトランディングと呼べます」

でも、と浜波《はまなみ》はつづける。

「高校のときに失敗した桐島《きりしま》ソフトランディング計画を連想させる名前なんです。私は過去に失敗したプロジェクト名を引き継ぐことに反対です！」

浜波《はまなみ》は意外と縁起を担《かつ》ぐタイプだった。

「しかしいきなりテンションあげてくるな〜」

「私の勘が、ここが勝負どころだといってるんです。今までで一番丸く収まるビジョンがみえている状況なんです。なにせみんなが遠野《とおの》さんを傷つけたくないと思ってるんですから。逆にここで遠野《とおの》さんと福田《ふくだ》さんにバレてしまったら京都でできあがった人間関係まで崩壊して、全員が傷ついて不幸なことになってしまいます！」

そのとおりだった。

遠野《とおの》は、宮前《みやまえ》のことはもちろん、早坂《はやさか》さんと橘《たちばな》さんのことも自分の友だちだと思っている。もし現在の関係がバレたら、恋人の俺含め、全員に裏切られることになる。福田《ふくだ》くんだって、同じだ。

そしてそうなったとき、ヤマメ荘を中心とした人間関係は崩壊し、魚を焼く会はおこなわれなくなり、十年後、種子島《たねがしま》にロケットをみにいくという約束も果たされなくなるだろう。早坂《はやさか》さんと橘《たちばな》さんも深く傷つくはずだ。彼女たちだって、誰も傷つけたくはないのだ。だからこそ、ずっと遠慮がちにしている。でも、いろいろな感情があって、離れられないでいる。

でも——。

「桐島《きりしま》先輩に必要なのはエモです」

浜波《はまなみ》はいう。

「俺たちはいろいろあって、恋のノスタルジーを引きずっているけど、まだ好きだけど、でもどうにもならないことはあるよね、みたいな、なんかエモい感じで三人の美女たちとセンチメンタルグッバイすればいいんです。芝居がかってる？　いいじゃないですか」

必要なのはエンドロールなんです、と浜波《はまなみ》はつづける。

「恋を終わらせるためのせつないフィナーレがあれば、思い出にすることができるんです。そしてそれは桐島《きりしま》さんもやるべきことがわかり、彼女たちも大人になった今こそできるはずなんです」

「いきなり早口になるじゃん」

「あなたたちをずっとみてきた私だからわかるんです。この状況から少しビターながらもハッピーエンドに持っていくのはこれしかありません」

「たしかに……そのとおりだ」

それは俺にもわかっていた。

今回、高校のときの共有と似たような状態になった。でも、その心情や態度は全然ちがっている。きっと俺たちはいつのまにか少し大人になっていたのだ。

そして時は待ってくれなくて、これからもっと大人になる。

大人になって仕事をはじめて、それから何年か経《た》ったあとで、ふと恋をしていたこの季節を思いだし、ちょっと懐《なつ》かしい気持ちになったあとで、またそのときの仕事に集中する。

そんな未来につながるような、前向きな終わり方に持っていくためには、浜波《はまなみ》のいうとおり、早坂《はやさか》さん、橘《たちばな》さん、宮前《みやまえ》との関係をせつないビターエンドとしてお互い納得できる形で終わらせていく。

それが、傷ついたりつらい瞬間はあるかもしれないけれど、誰も大きく損なわれたりはしない、この状況で考えられる唯一のハッピーエンドであるように思えた。

だから、俺はいう。

「やるしかないな、桐島《きりしま》メリーバッド計画」

「ええ。そして遠野《とおの》さんと福田《ふくだ》さんを裏切れないのですから、まずは早坂《はやさか》先輩ですね。きくかぎり早坂《はやさか》先輩は福田《ふくだ》さんに対して友人として好感を抱いているという話じゃないですか」

「ああ、そうだ」

そして、早坂《はやさか》さんはもともと自分も新しい恋をしなきゃと前を向こうとしていた。宮前《みやまえ》とラブホテルの前でわちゃわちゃしていたところをみられなければこんなことにならなかったし、こんなことになった今でも、なにかと遠慮がちだ。

「桐島《きりしま》先輩さえしっかりしてればいいんです。遠野《とおの》さんとの関係を大切にし、福田《ふくだ》さんの恋を応援するというスタンスさえ崩さなければ、おのずとせつないエンディングに進んでいくんです。それをやるだけです」

「……そうだな」

　俺がいったところで、浜波《はまなみ》が顔をずいと寄せてくる。

「なんか返事のキレがわるくないですか？　まさか、ここまできて早坂《はやさか》先輩に未練がある、なんていいませんよね⁉」

「……もちろんだ」

　そうだ。遠野《とおの》を裏切れないし、早坂《はやさか》さんに至っては福田《ふくだ》くんとの関係もある。

「俺は福田《ふくだ》くんの恋を応援できる。それが道理だし、するべきだ」

　桐《きり》の箱に入った、友情の証《あかし》である横笛をみながら俺はいう。

「俺が笛を吹き、となりで福田《ふくだ》くんが聴く。俺たちはそんな源博雅《みなもとのひろまさ》と安倍晴明《あべのせいめい》のような関係になれるはずなのだ」

「へっぽこ大学生ふたりを美化しすぎているきらいはありますが、まあそこまで大切に想《おも》っているのならいいでしょう」

「じゃあ、具体的にどうするかだが――」

　俺がいいかけたところで、「待ってください」と浜波《はまなみ》が制止してくる。

「今回、桐島《きりしま》先輩は計画を立てないでください」

「なぜ？」

「桐島《きりしま》先輩が立てる計画はことごとく失敗するからです」

「なにもいいかえせないな……しかしそれだと無策になってしまうが……」

「だから私が計画を立てます」

「浜波《はまなみ》が？」

「浜波《はまなみ》参戦です」

いつもツッコミにまわっていた浜波《はまなみ》が、今回は一枚嚙《か》んでくるという。

「山動く、というやつです」

そして、そこにはちゃんと浜波《はまなみ》なりの理由があった。

「なんやかんやで長い付きあい、私もみなさんには笑っていてほしいですからね。ここが最終局面、私の頭脳でみなさんをエモでビターなハッピーエンドに導いてさしあげましょう」

「俺には、最高の後輩がいたんだな……」

「気づくのが遅いですよ、桐島《きりしま》先輩」

浜波《はまなみ》はつんとした表情でいう。

「それでは今後、桐島《きりしま》先輩は私のラジコンとして動いてください」

「ということは、策はあるんだな」

「あります」

名付けて――。

「『浜波八卦《はまなみはっけ》の陣』！　です！」

◇

俺の部屋にはコタツがある。商店街の抽選で当たったのだ。このコタツで暖をとろうと、ヤマメ荘で寒さに震える住人たちが部屋の前に長蛇の列をなすこともある。

そんなコタツに、俺、遠野《とおの》、福田《ふくだ》くん、浜波《はまなみ》、そして早坂《はやさか》さんの五人が集まっていた。

福田《ふくだ》くんをコーディネートした日の数日後のことだ。

鍋をすることになり、遠野《とおの》が早坂《はやさか》さんを誘った。平日だったが、翌日が休講だからと早坂《はやさか》さんはきてくれたのだった。

「京都の冬は寒いといいますが」

遠野《とおの》がコタツでぬくぬくしながらいう。

「北海道生まれの私にいわせれば、そんなにたいしたことはありません」

「そういうわりに俺が押しだされているのだが」

遠野《とおの》が深くコタツに入るので、となりにいる俺のスペースが狭くなっている。

「それにしてもまさか浜波《はまなみ》さんもきてくださるとは」

遠野《とおの》がいって、浜波《はまなみ》が、「いえいえ」とこたえる。

「コタツは正方形ですからね。私がいないとおさまりがわるいでしょう」

ひとつの辺にひとりずつ座って四人おさまるのが通常のコタツ理論だ。しかし浜波《はまなみ》のヤマメ関数予測はちがった。

「遠野《とおの》さんと桐島《きりしま》先輩は仲良しカップルですから、ひとつの辺にふたりで入っちゃうでしょうからね。そうなると福田《ふくだ》さんと早坂《はやさか》先輩だけでは辺がひとつ余ってしまいます。これではコタツの黄金比が完成しません。なのでそこを私が埋めにきたというわけです。別解として、空いた辺の向こう側にテレビがあった場合はコタツ黄金比が完成しますが、ヤマメ荘にテレビのある部屋はありませんからね」

「なるほど～さすがです～」

遠野《とおの》は感心するが、もちろん浜波《はまなみ》がやってきた理由はそんなことではない。俺をラジコン操作するためだ。遠野《とおの》が早坂《はやさか》さんを誘ったことを報告すると、浜波《はまなみ》はすぐに作戦を考えた。

『桐島《きりしま》先輩は早坂《はやさか》先輩の前で、遠野《とおの》さんの恋人であるというスタンスを維持してください』

過去の恋に未練があるなんてことを早坂《はやさか》さんにいってはいけないし、未練があったとしても、そこに引きずられないようにしていることを早坂《はやさか》さんに態度で伝えろというのだ。

『早坂《はやさか》先輩はもともとやさしい人ですし、大学生になって大人っぽくもなっています。きっと遠野《とおの》さんと仲良くする桐島《きりしま》先輩をみて、そこに割って入ろうとは思わないはずです。そして自分の気持ちにふんぎりをつけようとするにちがいありません。少し時間はかかるでしょうが、やがてその気持ちはセピア色の美しい思い出になるんです』

それが浜波八卦《はまなみはっけ》の陣であり、それを実現するために俺をラジコン操作しにやってきたのだ。

ちなみに八卦《はっけ》の陣とはどういう意味かとたずねたら、浜波《はまなみ》はこうこたえた。

『そんなもんテキトーです。名前に意味なんてありません』

いずれにせよ、浜波《はまなみ》の策は鍋の準備段階からしっかりハマっていた。

夕方、早坂《はやさか》さんは野菜を持ってあらわれた。そして俺と早坂《はやさか》さんが一緒に台所に立って野菜を切ろうとしたところ、浜波《はまなみ》がさっそく俺をラジコン操作した。

「桐島《きりしま》先輩はコンロと土鍋で出汁《だし》をとってください」

俺は遠野《とおの》と一緒にコタツでぬくぬくしながら、コンロを使って火を入れ、出汁《だし》をとった。

早坂《はやさか》さんは福田《ふくだ》くんと一緒に食材の準備をした。大道寺《だいどうじ》さんが海で釣ってきた真鱈《まだら》を差し入れしてくれていたから、臭みのとりかたなんかを、福田《ふくだ》くんが早坂《はやさか》さんに紹介していた。

俺と遠野《とおの》がコタツでわちゃわちゃ楽しそうにしていると、早坂《はやさか》さんは一瞬、振り返って台所からこちらをみた。

『わかってるよ』

と、いっているようだった。

早坂《はやさか》さんも、遠野《とおの》を、福田《ふくだ》くんを傷つけたくないのだ。そうなると、俺との関係や過去は思い出にするしかない。今夜、早坂《はやさか》さんはかなり自制的だった。

でも、危ない瞬間はあった。

鍋を囲んでいたときのことだ。お酒を飲んでしまったことも影響しているだろう。

「シイタケまだ残ってるね。食べていいよ、桐島《きりしま》くん好きでしょ」

早坂《はやさか》さんがにこにこしながらいってしまったのだ。

「昔からよく食べてたもんね～」

俺と早坂《はやさか》さんは八月に海で初めて会ったことになっている。昔から、というニュアンスはどう考えてもおかしい。遠野《とおの》がとなりで、「昔から？」と首をかしげたが、すかさず浜波《はまなみ》がフォローに入った。

「シイタケ好きっていったのは私です！　小さいころから大好きって話を早坂《はやさか》先輩にしたんです！　あ～シイタケおいし～！　シイタケにまみれたい！　シイタケでキマる～‼」

「ごめんごめん、そうだった。浜波《はまなみ》さんだった。ちょっといいまちがい」

早坂《はやさか》さんはそういって、笑いながらシイタケをたくさんよそって浜波《はまなみ》の前に置いた。

浜波《はまなみ》は口いっぱいにシイタケを詰めこんで苦しそうにしていた。

一度だけ、早坂《はやさか》さんとこっそり会話した。俺が鍋に真鱈《まだら》を追加すべく、冷蔵庫のなかの切り身を取りにコタツからでたときのことだ。私も手伝うね、と早坂《はやさか》さんがついてきたのだ。

「大丈夫だよ」

冷蔵庫の前で、早坂《はやさか》さんは小声でいった。

「私が桐島《きりしま》くんを卒業するしかないってわかってるから。ごめんね、迷惑かけて」

早坂《はやさか》さんはこれまでのような感じではなかった。も〜オコッタ、ともいわないし、あの天使のような笑顔でプレッシャーをかけてくることもない。

コタツで俺と遠野《とおの》がくっついて仲良くしていても、鍋の向こう側で、福田《ふくだ》くんとにこやかに会話していた。早坂《はやさか》さんがイメチェンした福田《ふくだ》くんを誉《ほ》め、福田《ふくだ》くんはとても照れていた。

鍋を食べ終わり、お酒を飲みながらだらだら会話する時間になる。

そんななか、遠野《とおの》がいう。

「今度、東京にいくんです」

バレーの遠征があるのだ。

「それで、桐島《きりしま》さんにもついてきてもらおうと思っています。案内してくれるんですよね？」

きかれて、「ああ」とこたえる。

遠野《とおの》は俺の生まれ育った町をみることを楽しみにしていた。

「高校のときはこの電車に乗ってたのか〜とか知りたいじゃないですか」

「僕も興味ある」

福田《ふくだ》くんがお酒で顔を赤くしながらいう。

「高校生の桐島《きりしま》くんと高校生の早坂《はやさか》さんが偶然同じ電車に乗っていたかもしれない。そういうのを想像すると、なんだか素敵だ」

ふたりは俺たちが同じ高校に通っていたことを知らないのだ。

「桐島《きりしま》くんゆかりの地にいっぱいいってくるといいよ」

「はい。思い出のなかにおじゃましてきます」

そこで遠野《とおの》が、「あ」と声をあげる。

「しかし、いいんですかね……」

「どうしたんだ、急に」

「私は桐島《きりしま》さんの思い出の場所にいこうと思ってて……でも、桐島《きりしま》さんはいいんでしょうか、私がきてしまって……」

遠野《とおの》はそこで、早坂《はやさか》さんはなんのことかわからないだろうからと、気をつかってつとめて明るい口調で説明する。

「この人、高校のときに大恋愛したらしいんですよ」

「へえ、そうなんだ……」

「詳しくは知りませんが、桐島《きりしま》さんは私が東京にきて、あちこちみてまわるのがイヤじゃないでしょうか……」

俺は高校の一件があったあと、禁欲的な生活をつづけ、その影響から遠野《とおの》と付きあいはじめた当初においても、そういう男女の行為ができない体になっていた。

そのことは遠野《とおの》のなかにいまだ残っている。俺が高校のときの恋にまだ未練を残しているのではないかと、時折、不安になったりもしている。

「大好きな人がいたのなら、その人との思い出の場所はとっておきたいとか……そういう気持ちがあるのではないでしょうか……」

その問いに対して、俺がこたえるよりも先に早坂《はやさか》さんがこたえた。

「上書きしちゃえばいいよ」

口元にチューハイの缶を持ってきて、にっこり笑いながらいう。

「今、付きあってるのは遠野《とおの》さんなんだし。遠慮する必要ないよ」

「で、ですよね！」

遠野《とおの》が元気になる。

「桐島《きりしま》くんの実家ってどこだっけ？」

早坂《はやさか》さんがきいて、俺は駅名をこたえる。高校もきいてくるから、校名もいう。

すると早坂《はやさか》さんは遠野《とおの》に、おすすめのスポットを紹介しはじめた。

「駅の近くにおいしいハンバーガーショップがあるからいったらいいんじゃないかな」

俺たちがよく食べにいっていた店。

「高校からは少し離れてるけど、紅茶のおいしい店もあるよ」

学校帰りに落ちあうのに使っていた早坂《はやさか》さんのお気に入り。

「駅ビルもいろいろあって便利だよ」

よくデートに使っていた場所。

遠野《とおの》はふんふん、とスマホにメモしている。

「全部、いってみたらいいよ。もし桐島《きりしま》くんにとっての誰かとの思い出の場所だったとしても、新しく遠野《とおの》さんとの思い出の場所にしちゃったらいいんだよ。だって、彼女なんだから。全部、全部書きかえちゃったらいいんだよ……」

そういったあとで、早坂《はやさか》さんは寂しそうに目を伏せた。

早坂《はやさか》さん、わるいクセでてるぞ～！

と、思うが早坂《はやさか》さんは止まらない。

「桐島《きりしま》くんも別に未練なんてないでしょ？」

早坂《はやさか》さんがきき、遠野《とおの》が少し不安げな顔で俺をみながら答えを待つ。

「……ああ」

俺がうなずくと、遠野《とおの》は安心した顔をした。

一方、早坂《はやさか》さんは静かに下を向いた。

「遠野《とおの》さんがいれば昔のことなんて思いださないでしょ？」

「……ああ」

「だよね。今いい彼女がいたら、過去の女の子なんてどうでもいいよね」

早坂《はやさか》さんは大げさなくらいつらそうな表情をしている。いや、これさすがに遊んでるだろ。

ここにきて俺に新しいプレッシャーのかけかた覚えたろ。

「高校のときに好きだった女の子なんてどうでもいいよね。今思うと、なんで好きだったんだろってくらい、たいしたことない女の子だよね。遠野《とおの》さんに比べれば、なんてことないもんね。そうでしょ？」

ねえ、桐島《きりしま》くん、と早坂《はやさか》さんは息苦しそうに胸を押さえながらいう。

「高校のときの女の子なんて、もう顔も忘れた、っていってみて」

「あの早坂《はやさか》さん、私、そこまでは……」

遠野《とおの》がそういうが、「ダメだよ」と早坂《はやさか》さんは遠野《とおの》に笑いかける。

「彼女だったらこのくらいしないと。私だったら絶対ちゃんと確認するもん」

「なるほど……そういうものなんですね」

変なこと学ばんでよろしい。

「ほら、桐島《きりしま》くん」

早坂《はやさか》さんが促してくる。

やめたほうがいいと思うなあ、そういうの！

しかし早坂《はやさか》さんがひかないので、俺は仕方なくいう。

「高校のときの女の子はもう顔も忘れたよ」

「どこでなにをしていても気にならない」

「どこでなにをしていても気にならない」

「もう会いたいとも思わない」

「もう会いたいとも思わない」

早坂《はやさか》さんがいうことを、俺は次々と復唱していく。そして――。

「最初から好きじゃなかった」

いや、さすがにそれはいってほしくないだろと思いつつ、早坂《はやさか》さんが目で圧をかけてくるので俺はやむなくいう。

「……最初から好きじゃなかった」

瞬間、早坂《はやさか》さんがにっこり笑う。あの天使のような張りついた笑みだ。

そこからなにも起こらず数秒経過する。

俺はコタツ布団《ぶとん》を少しめくってなかをみる。正面にいる早坂《はやさか》さんからのキックを、浜波《はまなみ》が横から足で止めていた。浜波《はまなみ》は力を入れているので顔がぷるぷる震えている。この軍師、どうやら体も張れるらしい。

早坂《はやさか》さんの足がひっこんでいき、俺はコタツ布団《ぶとん》をなにくわぬ顔で戻した。

「冗談、ちょっと遊んだだけ」

早坂《はやさか》さんは遠野《とおの》や福田《ふくだ》くんからみても絶妙にその場にふさわしそうな言葉を口にする。

そして笑顔から力を抜き、ニュートラルな表情になって流し目で俺をみた。

『全部わかってるから。大丈夫だよ』

そういっているようで、そしてその瞳はほんの少しだけ寂しげであるようにもみえた。

早坂《はやさか》さんの少し自虐的な遊びで俺も一緒にダメージをくらったわけだが、俺と遠野《とおの》の関係においてはかなりよかった。

遠野《とおの》が最近、俺の高校のときの恋について気にしはじめているからだ。もともと付きあいはじめのときにできなかったこともあるが、最近のきっかけは宮前《みやまえ》だ。

秋の大学祭シーズン、遠野《とおの》は宮前《みやまえ》と少しもめた。宮前《みやまえ》が俺とべたべたしすぎ、さらには恋心を持っているとストレートにいったからだ。宮前《みやまえ》が森田《もりた》と付きあってそれは収束したかに思えたが、宮前《みやまえ》は森田《もりた》と別れている。

ふたりは和解しているから、表面上また仲良くしているが、遠野《とおの》は宮前《みやまえ》に俺にあまり近づいてほしくないみたいだった。一度、恋心があると知ってしまった以上、それも仕方ないだろう。

そして遠野《とおの》は宮前《みやまえ》だけでなく、俺の周りに女子がいると反応するようになった。橘《たちばな》さんでも早坂《はやさか》さんでも、物理的に距離が近かったりすると、若干不安そうな顔をする。

その心配は過去にもおよび、部屋で一緒にいるときにふと、

「……桐島《きりしま》さんが高校のときに大恋愛した相手ってどんな人だったんですか？」

と、きいたと思ったら、すぐに両手を振って、

「いえ、いわなくて大丈夫です。知らないほうがいい気がしますし、桐島《きりしま》さんを信じてますから！」

などといったりするのだ。

だから、今の早坂《はやさか》さんとのやりとりはいいことだったのだろう。

となりでにこにこしながら、東京にいったときにいく場所リストをスマホのメモアプリにつくっている遠野《とおの》をみて、そう思った。

「さて、と」

早坂《はやさか》さんがコタツから立ちあがる。

「じゃあ私、お酒買ってこよっかな。なくなったみたいだし」

みればたしかに、用意したお酒が全部なくなっていた。今夜は宮前《みやまえ》がいないから、九州の地酒が無限に湧いてくることはない。

「ダメですよ、こんな夜遅くに早坂《はやさか》さんみたいなかわいい女の子をひとりで歩かせるなんてできません」

遠野《とおの》がいうと、「それでは……」と浜波《はまなみ》が少し考えるそぶりをしてからいう。

「桐島《きりしま》さんか福田《ふくだ》さん、じゃんけん——いや、将棋で勝ったほうが早坂《はやさか》先輩についていくということにしましょう」

「勝ったほうが？　普通負けたやつが買いにいくんじゃないのか？」

俺がツッコミをいれると、いえいえ、と浜波《はまなみ》は首を横に振る。

「早坂《はやさか》先輩と一緒ならそれはご褒美《ほうび》みたいなもんです」

「しかし将棋というのは悠長すぎやしないか。時間のかかるものだが――」

「別にいいよ」

立ちあがっていた早坂《はやさか》さんが、また座ってコタツのなかに入る。

「どうせ今夜は遠野《とおの》さんの部屋に泊まっていくつもりだし」

時間はあるから、というのだった。

そしてこうなるとまた別の文脈が発生する。

「じゃあ、やろっか」

そういう福田《ふくだ》くんはどこか緊張した面持ちだ。

俺には福田《ふくだ》くんの気持ちがわかった。

福田《ふくだ》くんはこの将棋に勝って、早坂《はやさか》さんに告白するつもりだ。

◇

将棋盤を挟んで福田《ふくだ》くんと向かいあう。将棋盤といっても四つ足の立派なものではなく、マグネット式の平たいやつだ。それをコタツ机の上に置いてぬくぬくと打っているのだからコタツ将棋といえる。

「早坂《はやさか》さんは将棋のことわかりますか？」

「駒の動かしかたくらいかな」

「私と同じですね〜」

遠野《とおの》と早坂《はやさか》さんが横から盤をのぞきこむ。

俺はふたりにわかるように解説する。

「福田《ふくだ》くんは穴熊という戦術をとっている。俺は振り飛車で、こうなると――」

しかし。

「あ、うん、桐島《きりしま》くん、そういうのはいいや」と早坂《はやさか》さん。

「私も早くお酒飲みたいです」

「めっちゃパリピみたいなこというじゃん」

実際、遠野《とおの》はバレー部で女子たちといつもわちゃわちゃしているから、パリピテンションではあるのだろう。

そして将棋自体はさくさくと進行していく。

買いだしにいく人を決めるだけの勝負であるし、なによりこれは俺が負けるための戦いだからだ。

浜波《はまなみ》のやつ、と思う。

勝ったほうが早坂《はやさか》さんと一緒に買いだしにいくという条件にして、俺に福田《ふくだ》くんとの友情をとるか早坂《はやさか》さんをとるかを態度で示させようとしているのだ。俺に曖昧な態度をとらせないための策といえる。

遠野《とおの》は当然、俺がわざと負けると思ってみている。視線があうと親指を立てる。

ここがトスのあげどころですよ、というメッセージ。

コタツ鍋の会を開催する数日前、福田《ふくだ》くんはおもむろにいった。

「早坂《はやさか》さんに気持ちを伝えようと思う」

大道寺《だいどうじ》さんの部屋ですごろくをして遊んでいたときのことだ。その場には大道寺《だいどうじ》さん、俺、遠野《とおの》と宮前《みやまえ》がいた。

福田《ふくだ》くんは恥ずかしがったり照れたりしていなかった。真剣で、少し思いつめた感じだった。

「こういう気持ちを隠して、友だちとしてとなりにいるのはなんだかフェアじゃない気がするんだ」

誠実な男の考え方だった。とてもまっすぐだ。

それに、と福田《ふくだ》くんはつづけた。

「早坂《はやさか》さんはいつもにこにこしているけど、どこか憂いとか悲しみとか、儚《はかな》さのようなものを感じるんだ。僕はそんな彼女を守ってあげたい。ひとりよがりで、少し傲慢かもしれないけれど、そう思うんだ」

気持ちを伝えることについて、大道寺《だいどうじ》さんと遠野《とおの》は大賛成だった。告白しないと今のままの関係がつづいてしまいそうだし、もし告白を拒否されたとしても、早坂《はやさか》さんは大人でやさしい人だから、福田《ふくだ》くんさえ気まずくならなければ、また普通の友人関係に戻れるというのがふたりの見解だった。

宮前《みやまえ》はなんともいえない顔で俺をみていた。

「鍋をする日の夜、もし機会があれば伝えるつもりだ」

福田《ふくだ》くんはそういっていた。

そしてこの買いだしは絶好のタイミングだった。少しお酒に酔ったふたりが、コンビニに向かって夜道を歩く。冬の寒さも手伝って、雰囲気もある。星空もきれいだ。

浜波《はまなみ》の一連の計略により、早坂《はやさか》さんは俺が遠野《とおの》とやっていくつもりであるというメッセージをしっかり受け取っている。

俺が将棋の勝負にわざと負けて早坂《はやさか》さんと福田《ふくだ》くんをふたりきりにすれば、早坂《はやさか》さんは福田《ふくだ》くんの想《おも》いにこたえるかもしれない。もちろん、そうならない可能性もある。

いずれにせよ、試されているのは俺のスタンスだった。

正直にいってしまうと、俺の腕にはまだ高校のときに早坂《はやさか》さんを抱きしめていた感触が残っている。そして早坂《はやさか》さんの心のなかに俺の居場所があることも感じている。

浜波《はまなみ》との会話のなかで、早坂《はやさか》さんと一緒になることはできないというトーンで話をした。

でもそれは遠野《とおの》と福田《ふくだ》くんを裏切らないという前提での話だ。できるかどうかは別にして、京都を捨ててしまいさえすれば、早坂《はやさか》さんと一緒になって高校のときの思い出の女の子を抱きしめることはできる。

俺は想像する。

海辺の街で早坂《はやさか》さんと一緒に暮らし、抱きあうところを。

そんなことを考えているうちにも、将棋の局面はどんどん進行していく。駒を取りあい、互いの王将への道すじができはじめる。

結局のところ、これは俺の選択でしかなかった。

遠野《とおの》と福田《ふくだ》くんをとるのか、早坂《はやさか》さんをとるのか。

いくつかの思い出がフラッシュバックする。制服姿の早坂《はやさか》さん、コインランドリーにいる遠《と》野《の》、アユを釣ってる福田《ふくだ》くん。

そして――。

俺は自ら王将を、福田《ふくだ》くんの飛車の射線に躍りださせたのだった。誰にでもわかる、自分から負けにいく一手。

「桐島《きりしま》さんは相変わらず大事なところでドジですね～」

遠野《とおの》はそういいながら、グッジョブです、とばかりにピースサインをする。

ありがとう。

福田《ふくだ》くんが口元を動かす。

早坂《はやさか》さんは――。

「も〜、私でもそんな駒の動かしかたしないよ〜」

と笑っていた。そしてその笑顔の奥で、ずっと隠している彼女のやわらかい部分が深く傷ついたのがわかった。傷つけたのは俺だった。

「さてと、じゃあ福田《ふくだ》くん、いこっか」

ふたりは部屋をでていった。

俺たちはコタツでミカンを食べながら早坂《はやさか》さんと福田《ふくだ》くんの帰りを待った。

「うまくいくといいですね〜」

と、遠野《とおの》は少しそわそわしていた。

しばらくして福田《ふくだ》くんだけが帰ってきた。早坂《はやさか》さんは夜風にあたりながら少しひとりで考えごとをしてから戻るといったらしい。

福田《ふくだ》くんの表情からはさっきまでの緊張感は消えていた。

そして、照れくさそうにいった。

「早坂《はやさか》さんは、僕の気持ちを真剣に考えてみるっていってくれた」

◇

福田《ふくだ》くんは早坂《はやさか》さんと一緒にコンビニにいった。お酒を選んでいるときも、ずっと緊張していたらしい。これなんてどうかな？　と早坂《はやさか》さんがきくたびに、いいと思う、とうなずくマシーンになっていたそうだ。

そして帰り道、福田《ふくだ》くんは両手に荷物を持ちながら告白した。

シンプルに好きだということ、お付きあいしたいと思っていることを伝えたという。

「早坂《はやさか》さんは正直に話してくれた」

福田《ふくだ》くんはコタツに入りながらいう。

「彼女は過去に好きだった人のことを、まだ『ほんのちょっとだけ』、引きずっているらしい。前を向かなければいけないことはわかっているんだけど、どうしても一歩を踏みだせないというんだ」

「少し前の桐島《きりしま》さんと同じですね。まあ、十代のときの恋というのはそれだけ特別なものなのかもしれません」

遠野《とおの》がいって、福田《ふくだ》くんもうなずく。

「だから僕は待たせてほしいといった。早坂《はやさか》さんが前を向けるそのときまで、好きでいさせてほしい、って。そしたら早坂《はやさか》さんは――」

謝ったのだという。

ごめんね、曖昧な態度で。

「謝る必要なんてなかった。僕はふられなかっただけでも、すごく嬉《うれ》しかったんだ。早坂《はやさか》さんは、僕のことをいい人だと思っているといってくれた。僕と付きあえる気持ちになれるか、真剣に考えてくれるって。それだけで本当に嬉《うれ》しいんだ」

もちろん、そういう気持ちになれないかもしれない。だからいつでも、私のことを好きじゃなくなってもいい、と早坂《はやさか》さんはいったのだそうだ。

「僕はずっと待つといった」

そこで福田《ふくだ》くんは頭をかく。

「とても恥ずかしいんだけれど、ラブソングの歌詞みたいな気分になってる。昔の恋を忘れさせたいって、そんな感じだ。いや……やっぱ今いったことは忘れてほしいかも……」

「なにはともあれ前向きな感じでよかったです！」

おつかれさまです、と遠野《とおの》が机の上にミカンを置く。

みんなでミカンを食べていると、しばらく経《た》ったところで早坂《はやさか》さんが戻ってくる。

早坂《はやさか》さんは部屋にあがるとみんなを見渡し、あの困ったような笑顔を浮かべながらいった。

「そういうことになったから」

といって、コタツに入ってくる。

「別に変な気つかわなくていいからね。なにかあったらいうからさ」

そしてお酒の缶を持つと、プシュッと音を立ててあけ、ごくごくと飲みはじめる。

「よ〜し、今夜は飲んじゃうぞ〜」

早坂《はやさか》さんが酔っぱらうのはまずいんじゃないだろうか。そう思って一瞬その手を止めようとするが、浜波《はまなみ》がそんな俺を制して小声でいう。

「このままでいきましょう」

「なぜに」

「酔いつぶしてしまったほうが大人しくなって安全です」

というのでミカンを食べながら眺めていると、早坂《はやさか》さんは、「酔いたい夜もある！」といいながら、「ぷは〜っ」「ぷは〜っ」と次々に缶を空け、やがてこてんと倒れて寝息を立てはじめた。

そこでコタツ鍋の会はお開きとなった。

「早坂《はやさか》さんは私の部屋に持って帰りますね〜」

遠野《とおの》が早坂《はやさか》さんをおぶって部屋をでていく。早坂《はやさか》さんのペースに付きあって飲んでいた福田《ふくだ》くんも完全につぶれてしまっていたので、俺はとなりの部屋の布団《ふとん》の上まで運んだ。

戻ってきて、ひと息つく。

浜波《はまなみ》はしれっとした顔で残ったお酒を飲んでいた。

「いかがでしょうか、私の策は」

「……驚くべきほどにはまっている。容赦はないが」

「いいんです。こうでもしないと収拾つかないんですから」

きっと、こうやっていくつかの気持ちを終わらせ、整理し、俺たちは未来に向かって前に進んでいくのだろう。

「少しビターな結末に向かってこの調子でいきましょう。桐島《きりしま》さんと彼女たちには多少の苦みがありますが、将来、この大学時代を振り返ったときにいい思い出にするためです」

「俺は浜波《はまなみ》に感謝するべきなんだろう」

なだらかな落としどころはそこしかない。俺もそれをよくわかっていて、浜波《はまなみ》は、失敗ばかりする俺の代わりに実行してくれているのだ。

「これで私の価値がわかったでしょう」

浜波《はまなみ》は誇らしげにめいっぱい胸をはっていう。

「私はパーフェクトにやり遂げますからね。もうなんの心配もいらんのです」

第19・5話　遠野《とおの》あきら

遠野《とおの》あきらは早坂《はやさか》あかねを背負ってヤマメ荘の桐島《きりしま》の部屋をでた。そして私道を渡って桜ハイツへと帰っていく。

「まったく仕方ありませんねぇ」

あきらは背中で安らかな寝息を立てているあかねにいう。

「浜波《はまなみ》さんに手渡されるままにお酒を飲むからですよ〜」

そこであきらは、「あ」と声をあげる。

「私の肩によだれ垂らしましたね〜も〜」

そんなことをいいながら、自分の部屋の扉の鍵をあけ、なかに入っていく。そして寝ているあかねを自分のベッドにころんと転がした。

「本当にかわいらしい顔立ちですね」

あきらはベッドわきに座りこみ、あかねの白くやわらかい頬を指でつついたり、細くてつやのある前髪をさわったりする。

「このお顔でさぞたくさんの男の人たちをとりこにしてきたのでしょう」

あかねに起きる気配はない。

「今夜はありがとうございました。早坂《はやさか》さんに励まされました。そうですよね、私は今の彼女なんですから、堂々としてればいいですよね」

あきらは少し笑っていう。

「桐島《きりしま》さん、あんな変な人なのに、私以外に好きになる女の子がいたんです。そうです、しおりちゃんです。しおりちゃんならもっとかっこいい人つかまえられるのに、世の中おかしなこともあるものです」

あきらはあかねの頰をつまんだりしながら、話しかける。

「それで、ちょっと不安になってたんです。過去に大恋愛した人ってどんな人だろ、その人のこと忘れてなかったらどうしよう、って。でも早坂《はやさか》さんのおかげで吹っ切れそうです」

弱気はダメですよね、とあきらはいう。

「さてと、これは朝まで起きないやつですね」

あきらは自分の寝る支度にとりかかろうとする。

しかし、ふと気づき、ぽつりとこぼす。

「そういえば浜波《はまなみ》さんは早坂《はやさか》さんのことも早坂《はやさか》『先輩』と呼びますよね。あれは一体どういうことなのでしょう？」

浜波恵《はまなみめぐみ》は桐島《きりしま》のことを桐島《きりしま》先輩と呼ぶ。他の面々については、遠野《とおの》さん、宮前《みやまえ》さん、福田《ふくだ》さん、大道寺《だいどうじ》さんといった感じだ。

桐島《きりしま》と浜波《はまなみ》は同じ高校の先輩後輩だから、高校の流れで桐島《きりしま》だけは『先輩』呼びなのかと思っていた。しかし、他にふたりだけ『先輩』呼びをしている人間がいる。

早坂《はやさか》あかねと橘《たちばな》ひかりだ。

「でも早坂《はやさか》さんが卒業した高校は桐島《きりしま》さんの通っていた高校とはちがう校名でしたし……橘《たちばな》さんがどこの高校かまではきいていませんが、ご本人いわく芸術家としてのセンスがさく裂して中退してしまったとのことで……あのふたりが『先輩』呼びになる可能性……桐島《きりしま》さんとの共通点があるとすれば……まさか！」

あきらはそこで、はっ、とした顔をする。

「もしかして……浜波《はまなみ》さんは東京至上主義者？　他の地方出身者を見下している？」

なんてやっているときだった。

あかねが寝返りを打った。そして口元で、もごもごとなにかいっている。

「寝言ですか！　むにゃむにゃいって、どこまでもかわいい人ですね！」

あきらはにっこにこになって耳を近づける。

「早坂《はやさか》さんはどんな寝言をいうんでしょう。食べ物ですか？　桐島《きりしま》さんは、『もっと光を』とかようわからんこといってますよ」

しかし、あきらの表情は一変する。

あかねが、寝言でいったからだ。

「桐島《きりしま》くん……」

どうして早坂《はやさか》さんが桐島《きりしま》さんの名前をだすんですか、とあきらがいいかけたところで、あかねがかすかな声でつづける。

「ごめんね……桐島《きりしま》くんのことずっと好きでごめんね……大丈夫だからね……」

あかねの頬には、涙が伝っている。

あきらは、ただその涙をみつめつづけていた。

第20話　オブ・ザ・ベースボール

　ある晴れた日の午後、みんなでユニフォームを着て野球をやっていた。野球とは九対九のチームに分かれ、ピッチャーがボールを投げ、バッターがバットという棒でボールを打ち、点数を競う、あのスポーツだ。

　俺たちは高校球児でもないし、メジャーリーグを目指しているわけでもない。しかし、河川敷《かせんじき》で野球をやっているのである。

「いくよ〜」

　マウンドに立った早坂《はやさか》さんが、キャッチャーの大道寺《だいどうじ》さんがだすサインにうなずき、ボールを投げる。

　ボールは山なりで、とても遅い。遅すぎて、空気抵抗のせいかぐらぐらゆれている。

「逆に打ちづらい！」

　遠野《とおの》が体を泳がせながらバットにあてる。いわゆるカスあたり。遠野《とおの》はバレーでスパイクを打つときはサウスポーだが、バッターのときは右打ちだった。

　ひっかけたボールがぼてぼてのゴロとなって、サードを守る橘《たちばな》さんの前に転がっていく。

　橘《たちばな》さんはボールをグラブで拾いあげると、ぽいっ、と投げる。ファーストを守る俺がそれを

キャッチしてワンナウト。

「うん」

橘《たちばな》さんは満足げに帽子のつばをさわる。

「しまっていこ〜！」

後ろを守るナインに向かってかわいらしく両手をあげる早坂《はやさか》さん。

アウトになり、一塁ベースの先で悔しがっている遠野《とおの》。

なぜ野球をやっているかというと、この試合が代々つづくヤマメ荘対北白川《きたしらかわ》桜ハイツの伝統の一戦だからだ。

春に開催される東山《ひがしやま》頂上決戦と呼ばれる麻雀《マージャン》大会の他に、毎年、冬にもこの野球対決がおこなわれている。

麻雀《マージャン》大会で賭けられていたのは一年間の私道の清掃だったが、野球対決で賭けられているのは自治体の当番だった。負けたほうの住人がひと冬のあいだ、毎夜、拍子木を打ちながら火の用心といって東山界隈《ひがしやまかいわい》を歩いてまわる。

寒い夜に外を歩きたくないヤマメ荘の住人たちは絶対に負けたくない。しかし野球はスポーツであり、ヤマメ荘の住人たちにとって当然のごとく苦手分野であり、野球をするのに必要な人数が集まらなかった。

そして、このままでは不戦敗というところで、話をききつけた浜波《はまなみ》が監督として名乗りをあげ、足りない人数を早坂《はやさか》さんと橘《たちばな》さんにきてもらうといいだした。

「まさか、ここでも浜波八卦《はまなみはっけ》の陣を仕掛けるのか」

「もちろんそれもあります。桐島《きりしま》先輩は引きつづき遠野《とおの》さんとの仲の良さをしっかりアピールしてください。しかし私が監督をするのは――」

浜波《はまなみ》は瞳のなかに炎を灯《とも》しながらいった。

「野球に勝つためです。これは負けられない戦いです」

「どうした、いきなり熱くなって」

「だってこれ、大学の代理戦争じゃないですか」

俺と浜波《はまなみ》の通う大学は着流しを着ている変人をみても誰も驚かない、偏屈たちの集う大学だ。

それに比べ、桜ハイツに住んでいる遠野《とおの》たちが通う大学は文武両道かつ、見た目もよろしくてキラキラした大学生たちが集っている。

「私は！」

浜波《はまなみ》がいう。

「自分の通う大学が！　勉強しかできない、白くてなよなよしたやつらが集まる大学っていうイメージを払拭《ふっしょく》したいんです！」

「本当のことだろ」

「華やかな大学生活を送っている人間に我々が負けてはいかんのです！」

その発想がすでに俺たちの大学に染まっているのだが、まあいいやということで浜波《はまなみ》に監督に就任してもらい、早坂《はやさか》さんと橘《たちばな》さんにきてもらった。

試合前の練習で、誰よりもボールをキャッチし、バットにもボールをあてた橘《たちばな》さんが、『四番サード・橘《たちばな》』ということになった。強い打球がきたらしれっとした顔でよけるし、バットで打ったボールも前にコロコロと転がるだけだが、それでも四番サードだった。俺たちのほとんどがボールは取れないし、空振りばかりだからだ。

しかし浜波《はまなみ》監督の起用で一番あたったのは『一番ピッチャー・早坂《はやさか》』だった。

早坂《はやさか》さんの投げるボールは山なりの軌道で逆にバットにあてづらく、さらに球速がとても遅いのでぐらぐらゆれる。キャッチャーの大道寺《だいどうじ》さんもなんとかキャッチしているという感じだった。

「いいバッテリーですね。プロはどうするんですか？」

浜波《はまなみ》がきくと、大道寺《だいどうじ》さんは首を横に振った。

「俺が付きあえるのは草野球までだよ」

大道寺《だいどうじ》さんは早坂《はやさか》さんのポテンシャルの高さをそう表現した。

そして早坂《はやさか》さんの武器は超遅い球だけではなかった。早坂《はやさか》さんはショートパンツに野球のユニフォームという格好をしている。

「えい！」

と、内またになりながらボールを投げれば、桜ハイツの男のバッターたちは露出した白い太ももと、男ものの ユニフォームゆえに窮屈そうな胸元に視線がいってしまい、ボールなんてみえていないのだった。

そんな感じで試合がはじまり、初回をしっかり無失点で抑え、二回表、チーム桜ハイツの攻撃、四番でピッチャーの遠野《とおの》も見事サードゴロに打ちとったのだった。

「いいですよ！　その調子でいきましょう！」

浜波《はまなみ》がメガホン片手に声を張る。

次のバッターは宮前《みやまえ》だった。

「ホームラン打つからね～」

右バッターボックスに立つが、手の位置が逆で左打ちの持ちかたになっている。それが逆によかったのか、早坂《はやさか》さんの超遅いボールにぽこんとバットがあたる。

しかしスイングにもボールにも勢いがないため、そんなに遠くには飛ばない。一塁を守る俺の頭上に平凡なフライがあがる。

青空を背景に、落ちてくる白い球。

「オーライ、オーライ」

俺は空をみあげながら、落下点に入る。

「オーライ、オーライ、オーライ」

白いボールが落ちてくる。

「桐島《きりしま》〜取らないで〜！」

走ってくる宮前《みやまえ》の声。

「わるいが冬の夜にカンカン鳴らしながら歩きまわるのはいやなんだ」

俺はグラブを構える。しかし——。

ボールが落ちたのは俺がいたところより四、五メートルも横だった。そのあいだに宮前《みやまえ》が一塁を駆けぬける。

フィールドに転がったボールを早坂《はやさか》さんが拾いあげる。

「桐島《きりしま》くん、真面目にやってね」

笑顔の早坂《はやさか》さん。俺は、「はい」とこたえる。

「切り替えてこっ」

グラブを叩《たた》きながら声だしをする橘《たちばな》さん。

ふたりとも負けず嫌いな性格に火がついてるっぽい。

「ヒット打ったばい」

宮前《みやまえ》は一塁ベースの上で嬉《うれ》しそうにぴょんぴょんしている。

「桐島《きりしま》は野球が下手ね」

「いっておくが宮前《みやまえ》、バット持つ手逆だったからな〜」

「私、野球の才能あるかも！」

そんなことをいうが、早坂《はやさか》さんがつづくふたりのバッターを抑え攻守交替した二回裏、福田《ふくだ》くんが宮前《みやまえ》の守るライトに向かってフライを打ちあげると、宮前《みやまえ》はしっかり落下地点をみあやまり、「わ～!!」とあわててボールを追いかけていった。

守備は早坂《はやさか》さんのスローボールがはまっているからいいが、攻撃に関しては宮前《みやまえ》が守るライトに穴があるとはいえ、桜ハイツの守備は鉄壁だった。

遠野《とおの》のストレートがとにかく速い。サウスポーで繰りだされる速球に、ヤマメ荘の住人たちのバットは空《くう》をきりまくった。

「大丈夫です」

浜波《はまなみ》は動じなかった。

「あれだけとばしていればどこかでつかれがでるはずです。そこを仕留めればいいんです。早《はや》坂《さか》さんの投球はテキトーに投げてるだけでスタミナ使いませんからね。こっちが有利です」

ほらみてください、と浜波《はまなみ》がいう。

四回裏のチームヤマメ荘の攻撃のときのことだ。バッターボックスには早坂《はやさか》さん。

マウンドに立つ遠野《とおの》は、帽子を取り、ユニフォームの袖で汗をぬぐっている。

「体力が持つわけがありません。ここは夏の甲子園なんです」

「冬の河川敷《かせんじき》だけどな」

「一巡してみんなも遠野《とおの》さんの速球に目が慣れたところ。さらに球速がさがるとなれば――」

浜波《はまなみ》の言葉はドォン！　という遠野《とおの》の速球がミットにおさまる音でさえぎられた。

明らかにスピードがあがっていた。

「そんな、ここからさらにもう一段ギアがあがるなんて――」

驚愕《きょうがく》に目を見開く浜波《はまなみ》。ちなみに浜波《はまなみ》も野球初心者である。

結局、早坂《はやさか》さんは空振り三振だった。

「大きな胸がジャマをしてうまくバットを振れなかったってことにしときましょう！」

浜波《はまなみ》はそんなことをいった。

次のバッターの福田《ふくだ》くんは四球で出塁した。でもそれはボールの速さに反応できず、見送っていたら、たまたまストライクが入らなかっただけだ。そしてその次のバッターが三振に倒れ、ツーアウト一塁で四番・橘《たちばな》さんという状況が完成する。

「これはなにがあるかわかりませんよ」

浜波《はまなみ》がいう。

「橘《たちばな》先輩は腕が細くてパワーはゼロですが、器用にバットにあてますからね。なんであんなスイングでボールにあたるのかは謎ですが、前に飛びさえすればなにが起きるかわからないのが野球というものです！」

そういう浜波《はまなみ》の手にはルールブックが握りしめられている。

そんな浜波《はまなみ》が期待した橘《たちばな》さんだったが、三回バットを振ったもののボールはバットにかすりもしなかった。三振、スリーアウトで攻守交替。

橘《たちばな》さんはヘルメットを取りながら、クールな態度でベンチに戻ってくる。

「やっぱりストレートが速かった感じですか？」

浜波《はまなみ》がきくと、橘《たちばな》さんは澄ました顔でいった。

「胸がジャマでうまくバットが振れなかった」

「………」

「私も胸が大きいから、バットが振りづらい」

「どこで意地はっとんじゃ～!!」

浜波《はまなみ》がツッコミを入れるが、橘《たちばな》さんは淡々と守備につくべくグラブを準備する。

「もっと勝負にこだわってるのかと思った」

俺がいうと、橘《たちばな》さんは、「私はもうあきた」という。

「はやいな～」

「勝ちたいのは早坂《はやさか》さんだと思う」

そういう橘《たちばな》さんの視線の先、早坂《はやさか》さんをみれば、ぐるぐると腕をまわしながらマウンドにあがっていく。

「私が点をあげなきゃチームは負けないもん」

なんていっている。

ボールは遅いが、言動は完全にエースだ。

「早坂《はやさか》さん、燃えてるな」

俺がいうと、「気づいてないの？」と橘《たちばな》さんがいう。

「早坂《はやさか》さんと遠野《とおの》さん、けっこうやりあってるよ」

「え？」

「試合がはじまる前に、なんかやってたよ」

橘《たちばな》さんがころころと転がってくるボールを何度もキャッチして練習していたとき、グラウンドのわきで、早坂《はやさか》さんと遠野《とおの》が話していたのだという。

「遠野《とおの》さんから仕掛けてた」

「遠野《とおの》から？」

ふたりは、こんなやりとりをしていたらしい。

『早坂《はやさか》さん、先日はありがとうございました』

『ううん、こっちこそ泊めてくれてありがとう』

『それで……早坂《はやさか》さんのいうとおりでした』

『なにが？』

『私は現在の彼女なんだから、堂々としてればいいんだって。だって桐島《きりしま》さん、高校のときに好きだった女の子のことなんて、もうなんとも思ってない、再会したとしても迷惑なだけだ、っておっしゃってたんで』

『……そうなんだ』

『それに桐島《きりしま》さん、ふたりで……そういうことをしてるときにいってたんです……高校のときの女の子と今こういうことをしようとしても、そんな気分にならないだろう、って』

『よかったね……じゃあ……もう安心だね』

◇

早坂《はやさか》さんが超遅球を投げる。バッターがバットを振って、かすったあたりが一塁線を転がる。俺が前にでてそのボールを拾うと、早坂《はやさか》さんが一塁のベースカバーに入っている。俺はその早坂《はやさか》さんのグラブに向かってトス。早坂《はやさか》さんがキャッチして見事アウトにした。

「ナイス連携プレーだね！」

早坂《はやさか》さんがハイタッチしてくる。

「桐島《きりしま》くん、いいよいいよ」

そういって、俺の胸にもぽんぽんさわる。そしてダメ押しに、

「えへへ」

と、至近距離で笑うのだった。キャップをかぶってユニフォームを着た早坂《はやさか》さんはたいそうかわいらしい。

俺が思わず目をそらすと、視線の先は一塁側の桜ハイツのベンチ、遠野《とおの》が、「むっ」とした顔でこちらをみていた。

なるほど、と思う。こういう早坂《はやさか》さん対遠野《とおの》が、互いにピッチャーとして試合のうえでも、そしてフィールド外でもおこなわれていたのだ。

「この調子でいこう」

俺は早坂《はやさか》さんの背中をぽんと押して、マウンドに送り返す。

試合前からたしかに兆候はあった。キャッチボールのときも、ストレッチのときも遠野《とおの》は俺とペアになって、いつもなら人前では遠慮するところなのに、かなりべたべたしてきていた。

「東京遠征のときは、いろいろなところにいきましょうね。思い出いっぱいつくりましょう！」

なんていいながら、開脚している俺の背中にくっつきながらぐいぐい押していた。

浜波八卦《はまなみはっけ》の陣としては正解だ。橘《たちばな》さんと宮前《みやまえ》もいて、彼女たちの前で遠野《とおの》と仲良くして俺のスタンスを明確にし、二番目彼女をあきらめさせる。そう思っていたが——。

『それに桐島《きりしま》さん、ふたりで……そういうことをしてるときにいってたんです……高校のときの女の子と今こういうことをしようとしても、そんな気分にならないだろう、って』

遠野《とおの》が早坂《はやさか》さんにいったこれはどういうことだろう。

もちろん俺はそんなことといっていない。

つまり、遠野《とおの》が強く早坂《はやさか》さんを挑発したことになる。

しかもこれを遠野《とおの》から仕掛けたということは、早坂《はやさか》さんと俺の過去の関係に気づいている、もしくは疑いを抱いているということに他ならない。

一体いつ？　どうやって？　過去のことはコタツ鍋のときに乗り越えたのでは？　と思っていると、第二ラウンドがはじまる。

遠野《とおの》が打席に立ったときのことだ。遠野《とおの》は、今度はしっかりバットにあてた。ボールはサードを守る橘《たちばな》さんの頭上を越え、レフト前へ転がっていく。

軽くツーベースというあたりだが、遠野《とおの》は俺のいる一塁で足を止めた。

「おい、二塁いけるぞ」

「いえ、無理です。二塁にいけばアウトになります」

「レフトの福田《ふくだ》くんはまだボールにも追いついてないぞ」

「福田《ふくだ》さんは強肩《きょうけん》です」

まったくそんなことはないのだが、遠野《とおの》は一塁から離れず、シングルヒットにしてしまった。

ボールが戻ってきて、早坂《はやさか》さんは次のバッターと対峙《たいじ》する。

一塁にランナーとして残っている遠野《とおの》が、ここぞとばかりに背中をつんつんしながらちょっかいをかけてくる。

「クリスマスも一緒に過ごしましょうね〜」

そういいながら、俺の帽子と自分の帽子を交換したり、後ろから目隠ししたりして、じゃれてくる。そのときだった。

バシーンと、俺のグラブが音を立てる。

早坂《はやさか》さんが一塁に牽制球《けんせいきゅう》を投げてきたのだ。バッターに投げるときより圧倒的に球速が速い。

「早坂《はやさか》さん、遠野《とおの》は一歩もリードをとってない。いくら牽制球《けんせいきゅう》を投げてもアウトにはできないが……」

「桐島《きりしま》くん、遊んでないでしっかり守ってね」

「はい……」

早坂《はやさか》さんは俺からの返球を受け取ると、またバッターに向かって投球動作に入る。しかしそこで遠野《とおの》が、追い打ちのように、早坂《はやさか》さんにきこえるように俺に話しかけてくる。

「今夜は私が料理をつくります。桐島《きりしま》さん、私の料理が一番おいしいっておっしゃってましたもんね。それはつまり、高校のときの女の子よりってことですよね！」

やさしい性格だから忘れがちだが、遠野《とおの》はバレーにおいては生粋のアタッカーで、強引にいくタイプだ。今、完全にその攻撃力が発揮されている。

そして早坂《はやさか》さんは大学生になってちょっと大人になっているが、基本は煽《あお》り耐性ゼロの女の子だ。眉毛をぴくぴくさせながら、バッターにボールを投げる。

バッターはボールを打ちあげる。ファーストフライになるあたりだ。

今度こそ俺は落下地点に入る。落ちてくるボール。しっかりキャッチしようとして——。

横からの衝撃がきて、気づけば俺はグラウンドに仰向けで倒れていた。

「ごめん、ボール追いかけてたらぶつかっちゃった」

早坂《はやさか》さんが馬乗りになっている。

「大丈夫？　怪我《けが》はない？」

そういって、俺に乗ったままぺたぺたと体をさわってくる。

「大丈夫だ。それより……」

フィールドに落ちたボールは俺のすぐそばを転がっている。

遠野《とおの》はもう二塁をまわっている。

「このままだと点が入って——」

「私、桐島《きりしま》くんのほうが心配だもん。頭打ったりしてない？」

俺の顔をのぞきこみ、密着してくる。ユニフォーム姿のかわいらしい早坂《はやさか》さん、汗ばんだ肌と、ユニフォームを着た上半身、そしてショートパンツから伸びる白い足。

「ねえ、なんで顔赤いの？」

そこで早坂《はやさか》さんはさらに顔を寄せて、俺の耳元でささやいた。

「高校のときの女の子じゃそういう気分にならないんでしょ？　興奮しないんでしょ？」

「いや、それは――」

「遠野《とおの》さんじゃなきゃダメなんだもんね。高校のときの女の子なんて、今、会っても迷惑なだけだもんね」

「めっちゃ根に持つじゃん！」

あと、それ俺いってないから！

なんてやっていると、サードから橘《たちばな》さんが歩いてくる。

「もう一点入っちゃったよ」

そういって早坂《はやさか》さんのユニフォームの首根っこをつかむと、ずるずると引きずってマウンドに連れて帰っていった。

ホームインした遠野《とおの》は、やはり「むっ」とした顔でこちらをみていた。

これをきっかけに、ふたりは試合をほっぽらかして別の対決をはじめる。

遠野《とおの》はとにかく俺が守る一塁付近にやってくる。ボールが外野を抜けても全部シングルヒットで一塁にとどまってじゃれついてくるし、自分が塁上や打席にいないときは、一塁側ランナーコーチとしてやってくる。

「遠野《とおの》さん、恋人が好きなのもいいけど試合に集中したら？」

マウンドから、早坂《はやさか》さんが自分のことを棚にあげて、張りついた笑顔でいう。

「これはあれです、敵の一塁手にちょっかいをだして妨害することで、チームに貢献してるんです」

「桐島《きりしま》くんなんていてもいなくても同じだけどね！」

しかし、じゃれつく具合でいえば、やはり同じチームの早坂《はやさか》さんに分がある。

「桐島《きりしま》くん、キャッチボールしよう。ピッチャーは肩あったためとかないとダメなんだ」

と、チームヤマメ荘の攻撃中はずっと俺とキャッチボールをするし、肩の調子がわるいかもといって、一緒にストレッチしようと声をかけてくる。

俺たちはふたり一組になってストレッチをする。両手をつないで頭の上でひっぱりあったり、背中をあわせて相手を持ちあげたりするやつだ。

なにかとスキンシップをとってくる早坂《はやさか》さん。そしていうのだ。

「あ〜あ、どうせ私とこういうことしてても、比べられてるんだろうなあ。遠野《とおの》さんのほうがいいって思われてるんだろうなあ。私なんか、桐島《きりしま》くんにとっては全然魅力なくて、女の子と思われてないんだろうなあ！」

「え？　遠野《とおの》と張りあいながらついでに俺にも攻撃してくんの？」

「でもなんで桐島《きりしま》くん、私とくっつくと顔赤くするの？　気まずそうにするの？　遠野《とおの》さんがみてるよ？　なんで、ねえ、なんで？」

どんどんヒートアップする早坂《はやさか》さんと遠野《とおの》。しかしその戦いの終わりは、ふとした拍子に訪れた。

三対〇でチーム桜ハイツがリードする展開、八回裏、ヤマメ荘の攻撃中のときのことだ。

「ごめん」

突然、早坂《はやさか》さんが肩の力を抜いていったのだ。

「なんか、熱くなっちゃった」

早坂《はやさか》さんがふくらはぎの張りをうったえたから、俺がひざまずいてベンチに座る早坂《はやさか》さんの足をマッサージしていたときのことだ。

「こんなことしても意味ないのにね」

早坂《はやさか》さんは海辺の街にいるときのような大人びた表情で、遠くをみていた。その視線の先には遠野《とおの》がいた。

遠野《とおの》はスタミナが切れ、七回途中で降板していた。そして今は相手ベンチから、こちらを、「むむぅ～」という顔でみている。

早坂《はやさか》さんは俺に、もう足のマッサージしなくていいよ、という。

「ホントは痛くもなんともないから」

「それはわかってたけどさ」

早坂《はやさか》さんの投球フォーム、足使ってないし。棒立ちで、手でポイッて投げてるだけだし。

「挑発されたから、ちょっと意地になっちゃっただけ」

「遠野《とおの》はああやって、早坂《はやさか》さんのリアクションをみてるんだよ」

「桐島《きりしま》くんが高校のときにした恋愛の相手が私ってわかっちゃったのかな？」

「まだ疑惑って感じだが」

もしかしたらどこかで俺が失言したのかもしれない。まさか浜波《はまなみ》の策が失敗したなんてことはないだろう。

早坂《はやさか》さんは遠くをみながら、少し考えるような間をとり、つとめて軽い口調でいった。

「桐島《きりしま》くん、もう私とデートしなくていいから」

「それって……」

「うん、もう泊まりにこなくていい。『私たちのいうことは絶対』ってやつも使わない」

遠野《とおの》に隠れて、橘《たちばな》さんや宮前《みやまえ》とあれこれしている関係からおりるといっているのだ。

「遠野《とおの》さんを傷つけたいわけじゃないし、福田《ふくだ》くんの気持ちにも誠実に向きあおうと思ってるから。桐島《きりしま》くんとそういうことしてられないよ」

そこで早坂《はやさか》さんは、「あ」と声をあげる。

「でも、橘《たちばな》さんと宮前《みやまえ》さんの前ではこの関係つづいてることにしてね」

「どうして？」

「だって、ふたりの気持ちに水差したくないもん」

早坂《はやさか》さんはいう。

「私はやめちゃうけど、橘《たちばな》さんと宮前《みやまえ》さんがやってること、まちがってるとは思ってないし。ふたりの気持ち、わかるし。ふたりが大事にしてるものを私がもういらないってなったみたいにしたくないんだ。実際、そういうわけじゃないし……」

「わかった」

「今度は桐島《きりしま》くんの番だからね」

「なにが？」

「もし私と福田《ふくだ》くんが付きあったら、桐島《きりしま》くんはそれを間近でみるわけでしょ」

「そうなるな」

「いっぱい嫉妬してくれていいからね！」

早坂《はやさか》さんはそういって笑うのだった。

「じゃあ、遠野《とおの》さんと仲直りしてくる」

相手ベンチに歩いていこうとする早坂《はやさか》さん。

でも背中を向けたあと、こちらを振り返っていった。

「私、もうマウンド降りるから」

「エースが降りるとチームが心配だな」

「大丈夫だよ」

早坂《はやさか》さんはいう。

「桐島《きりしま》くんがしっかりしてれば、全部大丈夫なんだよ」

◇

ヘルメットをかぶり、ネクストバッターズサークルで、素振りをする。

試合は九回裏まできていた。相変わらず三対〇でチーム桜ハイツがリードしている。

早坂《はやさか》さんが降板したチームヤマメ荘のマウンドには福田《ふくだ》くんがあがり、九回表をしっかり三者凡退に抑えた。相手チームのバッターにとって、早坂《はやさか》さんのボールをみたあとだと、福田《ふくだ》くんの普通のボールが剛速球にみえたようだ。

逆に、遠野《とおの》に代わってマウンドに立った桜ハイツのピッチャーの球は遠野《とおの》より遅く、遠野《とおの》の球で目が慣れたヤマメ荘の住人たちは、なんとかくらいつくことができるようになっていた。

四番の橘《たちばな》さんからはじまった九回裏の攻撃。

橘《たちばな》さんはしっかりボールをバットにあて、ライト前にヒットを打った。つづく大道寺《だいどうじ》さんがピッチャー前に送りバントを試みる。相手ピッチャーはダブルプレーを狙って二塁に送球、橘《たちばな》さんは意外と足が速く、送球がくるよりも先にさらっと二塁に到達。

大道寺《だいどうじ》さんもその間に一塁を駆けぬけてノーアウト一塁、二塁。

え？　いきなりちゃんとした野球はじまるじゃん、って感じだが、六番、七番バッターはしっかり三振した。くるくるとバットが回る、見慣れた光景だった。

ツーアウト一塁、二塁でこのままゲームセットかと思われる展開。しかし八番バッターの、普段ラテン語ばかり勉強している住人が、インコースにボールがきたのをいいことに、こずるく自分からボールにあたりにいき、判定はデッドボール。

九回裏二死満塁、三点ビハインドという場面で、俺に打順がまわってくる。

俺は素振りをしてから、バッターボックスに入る。

「桐島《きりしま》さん、ホームランを打てば逆転ですよ！　サヨナラですよ！」

ベンチから浜波《はまなみ》監督が檄《げき》を飛ばす。

「桐島《きりしま》さんならやれます！　得点圏にランナーがいるときの打率は四番の橘《たちばな》さんを超えています！」

そんなデータとれるほど野球やってないだろ、と思いつつバッターボックスに入り、ピッチャーに向かって構える。

一球目、真ん中高めのストレート、俺は空振り。二球目、三球目は手がでず見送ったらどっちもボール判定。ワンツーというバッティングカウント。

「桐島《きりしま》、スイングだ」

大道寺《だいどうじ》さんが二塁塁上から声をだす。

「スイングがなければ意味はない。スイングしろ」

デューク・エリントンのいったスイングは音楽のことで、野球のスイングではないんだけど、なんて思いながら振ったバットは空振り、ツーストライクに追いこまれる。

次の一球はアウトコースの際《きわ》どい球。見送ってボール。

「舞台は整いました！　ドラマティック動きだします！　三年間のつらい練習を思いだしてください。今、その努力が報われるときです！」

俺は高校球児じゃないし三年どころか三日も野球をしたことがないが、浜波《はまなみ》は完全にそういうテンションになっている。

「九回裏ツーアウト満塁、フルカウント！　たしかに相手のほうが地力にまさるんでしょう！　でも、タイムアウトのない試合の面白さってやつを、あいつらにわからせてやってください！」

草野球でめちゃくちゃ盛りあがるじゃん、って感じだが、ベンチのみんなが熱くなってるから俺もその気になってくる。

いったん打席を外して、息を整えて、またバッターボックスに入る。

バットを構えるが、ピッチャーも緊張しているようで、帽子を取ってユニフォームの袖で汗を拭いている。

そのとき、相手ベンチの後ろで、遠野《とおの》と早坂《はやさか》さんが仲良くならんでいるのが目に入った。

遠野《とおの》が俺の視線に気づいて、手を振った。とても明るい表情。

そのとなりで早坂《はやさか》さんが、俺にだけわかるよう小さくピースをしている。

早坂《はやさか》さんはその言葉のとおり、ちゃんと遠野《とおの》と仲直りしたのだ。

『仲直りしてくる』

大人だな、と思った。

時計の針は前に進んでいるのだ。以前ならできなかったことが、よくもわるくも、うまくできるようになっている。

きっと、俺たちはもうあの青く鋭い感性の時代にはいないのだ。突き刺す感情の季節は過ぎ去り、肌の熱さを忘れ、やがて穏やかな日々が訪れる。

もちろん、それはただ喜ばしいだけでなく、浜波《はまなみ》のいうとおり少しビターな味もする。

早坂《はやさか》さんの笑顔と小さなピースサインは俺の胸の奥にちくりと痛みを走らせる。

でも、これでいいのだ。

早坂《はやさか》さんは自分からデートしなくていい、泊まりにこなくていい、といった。

二番目の彼女からおりるといったのだ。

こうやって、全てのことが終わっていくのだろう。思い出になっていくのだろう。

ピッチャーが投球動作に入る。

俺はバットを構える。

やがて訪れるビターエンド。

俺は子供みたいな願掛けをする。

もし、バットにあてることができたら——。

俺がバットにボールをあてることができたら、みんな幸せになれる。神様との約束だ。今この一瞬が少し苦くても、将来、みんな幸せになれる。

ツーアウトでフルカウントだからピッチャーは振りかぶるし、ランナーもスタートを切る。

俺は足をあげてタイミングをとる。

インコース高めのストレート。周囲の風景も、ボールも、なんだかはっきりとみえる。

いつか今日の日の写真を見返すときがくるのだろう。

きっとそのときは大人で、写真のなかにはユニフォーム姿のみんなが写っていて、こんなこともあったな、と懐《なつ》かしい気持ちになるのだろう。

思い出は写真に残る。感情は移り変わっていく。

それぞれが別の場所で、その同じ写真を見返していたりするのだ。

時計の針とともに、俺たちは前に進んでいってしまうから。

俺は願う。

どうかみんなが幸せになれますように。

ボールがくる。スイングがなければ意味はない。

俺はバットを振る。そして祈る。
白球は、青い空に高く舞いあがった。

第20・5話　早坂《はやさか》あかね

早坂《はやさか》あかねはバックネットの裏をまわり、チーム桜ハイツ側のベンチに向かっていた。

「わかってる。桐島《きりしま》くんの考えてること、私もちゃんとわかってるから」

小さな声で、自分にいいきかせるようにいう。

「大丈夫、ちゃんとできる。もう、できるから。私だって、遠野《とおの》さんのこと好きだもん。こうやってみんなで野球したりするのが楽しいもん。そういうのがよくて、桐島《きりしま》くんはそれを選んだんだから……」

あかねはチーム桜ハイツのベンチまできたところで、帽子をかぶりなおす。そしてしれっとした顔で遠野《とおの》あきらのとなりに立った。

「え、ちょ、早坂《はやさか》さん⁉」

あきらは驚いて、うろたえる。

「あの、えっと、その……」

「マウンド降りたんだね」

「あ、はい」

「私も降りたからさ。一緒にみようよ」

あかねはあきらのとなりに立ち、九回裏、ヤマメ荘の最後の攻撃を見守る。あきらはなんとなく気まずそうな顔をしている。今日は練習のときからなにかと挑発してきたから、その相手が突然となりにきて、驚いているのだ。

でも、あきらはやがて意を決したように口を開いた。

「早坂《はやさか》さん、あなたは――」

そのときだった。

金属バットの音が響いた。橘《たちばな》がバットにあてたのだ。ヤマメ荘のベンチから歓声があがる。歓声がおさまったところで、あきらが言葉のつづきをいう前に、あかねはいった。

「遠野《とおの》さんの気持ちは素敵だよ」

「え？」

「桐島《きりしま》くんのことが本当に好きなんだね。だから嫉妬するし、過去の恋愛が気になっちゃうんだよね」

「それは……」

でも、大丈夫だよ、とあかねはいう。

「遠野《とおの》さんは『彼女』なんだから。桐島《きりしま》くんは遠野《とおの》さんを選んだんだから」

「選んだ……」

「桐島《きりしま》くんは、きっともう過去はみてないと思うよ。じゃなかったら彼女をつくったりしないよ。桐島《きりしま》くんは彼女にすることの意味を、ちゃんとわかってると思う」

「そういう、ものなんですかね」

「うん。私が保証する。遠野《とおの》さんと桐島《きりしま》くんの絆《きずな》は本物だよ。もっと自信持ちなよ」

そのとき、また歓声があがる。桜ハイツのピッチャーがバント処理をあやまり、ノーアウト一塁、二塁になったのだ。

はしゃぐヤマメ荘のベンチをみながら、あかねがいう。

「遠野《とおの》さんはたくさんの楽しいものに囲まれて暮らしてるね」

「は、はいっ」

あきらもヤマメ荘のベンチをみながらいう。

「ヤマメ荘の人たちのいいところは、どんなことでも一生懸命なところです。スポーツの苦手な人たちが集まってるのに、いざ野球をするとなったら、お祭り気分でやっちゃうところが素晴らしいんです」

あかねとあきらは、しばらくそんなヤマメ荘の住人が盛りあがってプレーしているのを眺めた。やがて、あきらがぽつりという。

「ですよね、私が『彼女』ですもんね」

あきらの表情が明るくなる。

「そうでしたそうでした。よく考えたら、あんな着流しの変人を好きになるの、私くらいのものでした」

「ホントだよ。魚釣って、変な楽器弾いて」

私は最近、あの人のことがよくわかるんです、とあきらはいう。

「京都の街を歩いていても、この着物の柄好きそうだなとか、ここのカフェとか気に入るんじゃないかな、とか。それを桐島《きりしま》さんにいうと、全部あたってるんです」

「さすがだね」

「秋だから秋刀魚《さんま》を食べたがってるだろうなって思って部屋にいったらちょうど七輪を用意してるところだったり、冬になってコタツを手に入れて、どうせそこから動けなくなってるんだろうなって思ったら、ホントにそうなってたり」

あきらは楽しそうに語る。

「そういうのが、全部わかるんです」

「よかったね」

早坂《はやさか》は、遠い目でグラウンドをみながらいった。

「はい。いつも一緒にいるから……彼女だからわかるんです。きっと、そういうのがわかるから、相手を理解できるから、彼女なんだと思います」

「うん、そうだよ」

「なんだか元気になってきました！　そうです、私が彼女なんです。桐島《きりしま》さんを一番理解している女の子なんです。早坂《はやさか》さんのおっしゃるとおりでした。私はもっとそのことに自信を持つべきでした！」

そのときだった。

ヤマメ荘のベンチが一層の盛りあがりをみせる。八番バッターがデッドボールで出塁して、ツーアウト満塁となったのだ。ホームランで逆転のチャンスだ。

「おやおや、なかなか粘りますね」

あきらはいう。

「私も冬の夜に火の用心といってまわるのはご勘弁いただきたいですからね。一回ぐらいなら楽しそうですが、毎夜となるとそんなもん寒いだけです」

そして、バッターボックスに桐島《きりしま》が立つ。

「早坂《はやさか》さんはこの試合どうなると思います？」

「え？」

「桐島《きりしま》さん、打てると思います？　解説の早坂《はやさか》さん」

「わかんないな〜」

あかねはいう。

「ほら、野球は筋書きのないドラマでしょ？　だから、わからないものなんだよ。実況の遠野《とおの》さんもご存じのとおり」

しかし、あきらは、「そこをなんとか」とつづける。

「あてずっぽうでもいいんで」

「え～」

「ちょっとした遊びみたいなものです」

あきらがそういうものだから、あかねは、「あくまで遊びだからね」と前置きしてからいった。

「桐島《きりしま》くんは打つよ」

「え？」

そのときだった。

ストレートがミットを叩《たた》く音がして、桜ハイツ側のベンチが盛りあがる。初球、桐島《きりしま》が空振りしたのだ。それからバッティングカウントになったものの、また空振りをしてツーストライクに追いこまれる。

「び、びっくりしました」

あきらがいう。

「早坂《はやさか》さんがあまりに真剣にいうので、ホントに打つかと思いました」

そして迎えたツーストライクスリーボールのフルカウント。

桐島《きりしま》はまったくタイミングがあっていない。しかし――。

「打つよ」

あかねはグラウンドをみつめながらいう。

「桐島《きりしま》くんは打つよ」

その瞬間だった。

金属バットがボールをとらえる甲高い音がして、白球が青空に舞いあがった。

白球はぐんぐん伸びて、きれいなアーチを描いて、河川敷《かせんじき》のグラウンド、堤防の向こうへ飛びこんでいった。

逆転満塁ホームランだった。

「ほらね」

あかねは苦笑いしながらいう。

「こういうこと、やっちゃうんだよ。桐島《きりしま》くんってそういう――」

しかし、あかねは途中で言葉を止めた。あきらが、あまりに悲壮な顔をしていたからだ。

「と、遠野《とおの》さん、どうしたの？」

「私は……」

あきらはいう。

「私は桐島《きりしま》さんが打てるはずないと思ってました。だから、試合が終わったら、いっぱい慰めてあげようと思ってました。肩をもんであげたり、好きなお魚を錦市場《にしきいちば》で買ってあげたり、

そういうことをしようと思ってました」

「うん……」

「でも、早坂《はやさか》さんはこの結果を、桐島《きりしま》さんのことをわかっていました。彼女の私よりも、桐島《きりしま》さんを深く理解していました……そしてなにより、私よりも……」

桐島《きりしま》さんを信じていました。

あきらはいう。

「早坂《はやさか》さん、やはりあなたは――」

「ううん」

あかねは首を横に振る。

「なんてことないよ。ただ、いったことがあたっただけ。桐島《きりしま》くんが打っていって、そうなっただけ。それだけのことなんだから。そこに意味なんてないよ」

桐島《きりしま》がベースを一周して、ホームに戻ってきて、チームメイトから手荒な祝福を受けている。

あかねはやはり遠い目をしてそれをみながら、「それだけなんだから」と、寂しげに繰り返すのだった。

第21話　消える表情

「状況がよくなってる気がしない！」

浜波《はまなみ》が絶叫する。

「かつてない緊張の高まりを浜波《はまなみ》レーダーは感じています！　なぜに！」

ある晴れた日、登山にきているときのことだ。俺と浜波《はまなみ》だけではない。ヤマメ荘と桜ハイツのいつものメンバー、そこに早坂《はやさか》さんと橘《たちばな》さんもいる。俺が最近、桐島山頭火《きりしまさんとうか》を名乗って山を登っていることが話題にあがり、みんなでいこうとなったのだ。

そのため、ピクニックのように登れるといわれている、初心者用の山を選んだ。

ただ、簡単な山とはいえ、山頂までは三時間、沢や吊《つ》り橋《ばし》もあり、平たんな道だけでなく、ちょっと体力を使う尾根をゆくルートもある。つまり、手軽であるにもかかわらず、少し本格的な登山気分も味わえるという絶妙な山だった。

俺たちは早起きして長い時間電車にゆられ、その山にやってきた。そしていざ登山口から歩きだし、俺が最後尾にいたところ、浜波《はまなみ》がやってきていったのだ。

「まずい状況になっている気がします！」

「そうか？」

俺は地面に張りだした木の根をよけて歩きながらいう。

前をみれば、木漏れ日のなか、みんな楽しそうに登山道を歩いている。遠野《とおの》は大きな木をみつけてすごいすごいとはしゃぎ、宮前《みやまえ》は湧水をみつけて興味津々《きょうみしんしん》な顔で眺め、早坂《はやさか》さんは景色をみてきれいだといい、橘《たちばな》さんは拾った木の棒を手に持って、ぶんぶん振って遊んでいる。

平和な光景だった。しかし――。

「これは嵐の前の静けさというやつです！」

浜波《はまなみ》はなにかを感じているらしかった。

「しかし、浜波八卦《はまなみはっけ》の陣は成功しているんだろ」

俺はいう。

「実際、早坂《はやさか》さんはもう俺たちとの関係からおりようとしているし」

遠野《とおの》に遠慮し、福田《ふくだ》くんとのことも真剣に考える。

早坂《はやさか》さんのその言葉に偽りはなかった。

ふたりきりで会わないし、俺が海辺の街に泊まりにいくこともない。

「私との時間は他の誰かのために使ってあげて」

早坂《はやさか》さんはそういうのだった。

一度だけ、前の三人同時デートのときと同じような状況になったことがある。

俺の日程が空いている日があって、宮前《みやまえ》と橘《たちばな》さんがお泊まりをリクエストしたのだ。早坂《はやさか》さんも、「じゃあ私も」と参戦して、宮前《みやまえ》の部屋に一緒に泊まることになった。

それは野球の試合のときにいっていた、『橘《たちばな》さんと宮前《みやまえ》さんの気持ちに水を差したくない』というところからくる行動だった。つまり、誰かが大切にしていることに対して、自分はもうその場所にいない、という態度をとらないやさしさ。

「なんでくるのよ〜！」

その夜、宮前《みやまえ》はいった。しれっとした顔で橘《たちばな》さんと早坂《はやさか》さんが宮前《みやまえ》の部屋にやってきたからだ。そして橘《たちばな》さんと早坂《はやさか》さんはいったん縦横無尽に振る舞った。

「コーヒー飲みたいんだけど」

橘《たちばな》さんはマグカップ片手にいった。

「それ桐島《きりしま》とおそろいのやつ！　私しか使っちゃダメ！」

宮前《みやまえ》はマグカップを取りあげ、別のカップを橘《たちばな》さんに持たせた。

「パジャマこれ借りていい？」

早坂《はやさか》さんがベッドの上に畳んで置いてあったパジャマを手に取っていう。

「それもおそろいの！　桐島《きりしま》に着せるの！」

宮前《みやまえ》は、「これ着て！」と自分が高校のころに着ていたジャージを早坂《はやさか》さんに押しつけた。

「うちと桐島《きりしま》の仲良し空間に変なのがふたりも入ってきてしまっとる〜」

「宮前《みやまえ》、遊ばれてるんだぞ」

結局のところ早坂《はやさか》さんは全然、本気じゃなかった。

おそろいのパジャマも、宮前《みやまえ》がじったんばったんしたのをみて、「そうだね」と笑ってすぐに返していた。

「好きな人とおそろいのやつだもんね。大切だよね」

やさしくそういう早坂《はやさか》さんをみて、きっと感性の鋭い橘《たちばな》さんはなにかしら気づいたと思う。

そもそも、橘《たちばな》さんも勢いできあがったこの関係性に対してとりあえず参加しているものの、その態度はいつもどこかクールだ。

『こういうことしたいわけじゃない』

その言葉が全てなのだろう。結局、その夜は橘《たちばな》さんも早坂《はやさか》さんも客用の布団《ふとん》で眠り、俺と宮《みや》前《まえ》が同じベッドでくっついて眠った。

そんな回想をして——。

「ちゃんと向かってるよ」

俺は、小川のせせらぎをきき、土を踏みしめて歩きながらいう。

「浜波《はまなみ》がいうところのビターだけど落ち着いたエンディングにさ」

「そうなんですけどね、そのはずなんですけどね……」

前を歩くみんなは相変わらず楽しそうだ。それぞれ会話をしたり、スマホで景色を撮ったりしながら、山を登っている。

大切にすると決めた京都の人間関係と、そこにいる早坂《はやさか》さんと橘《たちばな》さん。

とても平和な光景だ。しかし——。

「やっぱりこれ、よくないです！」

浜波《はまなみ》がいう。

「みんなの動きをよくみてください！」

いわれて、俺は山登り中のみんなをみてみる。

大道寺《だいどうじ》さんと福田《ふくだ》くんはキノコをみつけて、食べられるかどうかの検討をくわえている。遠野《とおの》は橘《たちばな》さんの持っている棒をみて、「それはいい棒ですね〜」とうらやましがり、宮前《みやまえ》は一眼レフを持ってきているから、被写体に早坂《はやさか》さんを選んで撮影していた。

一見、なにも問題はないが——。

「遠野《とおの》さんです。朝からの、遠野《とおの》さんの行動をよく思い返してみてください」

浜波《はまなみ》が深刻な顔でいうので、俺はよく思い返してみる。

ヤマメ荘と桜ハイツのあいだの私道に集合して駅に向かい、電車に乗って、登山口までやってきた。そして、こうして山を登っている。そのあいだずっと——。

「今日はずっと橘《たちばな》さんとからんでいる印象だな」

「そうなんです、そこなんです！」

裏を返して、と浜波《はまなみ》はいう。

「遠野《とおの》さんがですね……宮前《みやまえ》さんと早坂《はやさか》先輩、ふたりとひとことも口をきいていないんです！」

「それは――」

おかしなことだった。

遠野《とおの》はチームの輪を大切にするタイプだ。集団でいると、みんなと仲良くしようとする。

それなのに、特定の人と口をきかないなんて、普通ではない。

俺は遠野《とおの》の様子をよくみてみる。橘《たちばな》さんとじゃれつきながら――。

「橘《たちばな》さんは棒を持ってもかわいいですね～。美人なのに童心も忘れてない。ええ、京都に探しにきたという初恋の男性も、橘《たちばな》さんをみればすぐにその魅力に気づくでしょう。私は一途《いちず》な橘《たちばな》さんが大好きです！」

と、いっている。

「まさか、これは……」

「そうなんですよ」

これは、と浜波《はまなみ》はいう。

「遠野《とおの》さん、完全に早坂《はやさか》先輩と宮前《みやまえ》さんを警戒してしまっているんです！」

状況を整理して考えると、そうとしか思えなかった。

宮前《みやまえ》は秋に、俺のことを好きだと遠野《とおの》にいっている。だから、警戒する対象といえる。

それに比べると、橘《たちばな》さんは一途《いちず》に初恋の相手を京都に探しにきた女の子だ。その相手を知らない遠野《とおの》からすると、かなり安全人物といえる。だから、橘《たちばな》さんとだけは仲良くできる。

「しかしなぜ早坂《はやさか》さんも警戒してるんだ？　たしかに野球の試合のとき、早坂《はやさか》さんを挑発して試すような態度をとっていたが……そのあと、仲直りしたんじゃなかったのか？」

「なにがあったかはわかりませんが、遠野《とおの》さんがより強く早坂《はやさか》さんを意識してしまってるのはまちがいありません」

あの河川敷《かせんじき》のグラウンドで、ふたりのあいだに一体なにがあったのだろうか。

遠野《とおの》は今も橘《たちばな》さんにじゃれつきながらも、時折、早坂《はやさか》さんに視線を送っている。その瞳には警戒の色と同じくらい、怯《おび》えのようなものもみてとれた。

「どうして遠野《とおの》が早坂《はやさか》さんを……」

「わかりません。きっかけは野球の試合よりも前にあったようですが……」

「浜波八卦《はまなみはっけ》の陣、成功してるんだろ？」

「はい。私の浜波《はまなみ》量子コンピューターが導きだした答えは完璧で、コタツ鍋のときも野球のときもきちんと采配を振るったはず」

「野球のときは本当に野球の采配だけだったけどな」

「一体なぜ……」

浜波《はまなみ》は少し考えてからいう。

「もしかして桐島《きりしま》さん、なにかしました？」

「俺か？」

あごに手をあて、少し考えてからこたえる。

「きちんと浜波《はまなみ》の指示どおりにラジコンをやっていたつもりだが……俺のことだからなにかしてしまったのかも」

「いずれにせよ、私たちの知らないところでなにか起きている予感がします」

浜波《はまなみ》は一見楽しそうに登山をしているみんなをみながらいう。

「静かな夜こそが、激動の予兆である。きっと、そういうものなんです。革命前夜のパリもこんな感じだったのでしょう」

そして、「革命前夜というより開戦前夜と表現したほうが適切かもしれません」と浜波《はまなみ》はつづける。

「この登山がターニングポイントになる可能性だってあります。いえ、きっとそうなります」

みんなで登山にいくことが決まったあと、俺と浜波《はまなみ》は学食で話し合いをした。

ここも八卦《はっけ》の陣でいきましょう、と浜波《はまなみ》はいった。

つまり、遠野《とおの》との仲の良さをアピールして、早坂《はやさか》さんたちの遠慮する気持ちを引きだし、ソフトランディングを狙う。それをこの登山でもやりましょう、というのだった。たしかに橘《たちばな》さんも宮前《みやまえ》もいる場でそれを実行するのは大きな効果が見込まれた。

「なぜ遠野《とおの》さんがあそこまで早坂《はやさか》先輩を警戒するようになったのかはわかりません。しかし、早坂《はやさか》先輩がしっかり離れていき、桐島《きりしま》先輩がぶれなければ遠野《とおの》さんの不安定さのようなものはおのずと解消されるはずです」

きちんとやり遂げるんですよね？　と浜波《はまなみ》がきいてくる。

「ああ」

俺はうなずく。

今ある人間関係を壊したくないし、誰も傷つけたくない。その気持ちはまちがいないし、それは早坂《はやさか》さんだってそうだ。

誰もがきっと、そうありたいと願っているのだ。

◇

登山道の途中に休憩所があったので、そこで足を休めることにした。

見晴らしのいい場所で、連なる山々と、遠くに都会の街並みがみえる。

足腰に負担がないように舗装された道ではなく、やわらかい土のルートを選んで登っているのだが、それでもけっこう負担があったらしい。

丸太の椅子に腰かけて景色を眺めていると、足が休まっていくのがわかった。

冬の澄んだ山の空気と、温かい体。

みんな和気あいあいとしているが、遠野《とおの》は相変わらず早坂《はやさか》さんと宮前《みやまえ》のふたりとは距離をとっている。声をかけあうことはあっても、会話はしない、広がらないといった感じだ。

浜波《はまなみ》にはいわなかったが、実は登山をする少し前から、遠野《とおの》の様子がいつもとちがうことには気づいていた。ちょうど河川敷《かせんじき》での野球の試合が終わってからだ。

シンプルにいうと、俺の高校のときの恋愛をすごく気にしはじめた。そして、その相手が早《はや》坂《さか》さんであると断定しているようだった。

「わ、私の料理が一番ですよね!?」

遠野《とおの》は手料理をつくるたびに、そうきいてきた。

料理のうまさに定評のある早坂《はやさか》さんと張りあっているのは明らかだった。「遠野《とおの》が一番だ」というと、遠野《とおの》はほっとしたような顔をした。しかし、それだけではない。

「私も、もっと女の子らしい、もこもこした服装とかしたほうがいいですかね？」

大好きなスポーツブランドのトレーナーを手に持ちながら、少し哀《かな》しそうな顔できいてくるのだ。俺は何度も、スポーティーな遠野《とおの》が好きだといった。

俺は遠野《とおの》の彼氏で、遠野《とおの》がもっと安心して日々を送れるようにしなければいけない。

だから――。

「みんなお腹《なか》減ってない？」

登山途中の休憩スポット、テーブルの上に早坂《はやさか》さんがラップに包まれたおにぎりをならべたときのことだ。

「こっちが昆布で、こっちが明太子《めんたいこ》で――」

みんなお腹《なか》が減ってパワーがでなくなっていたみたいで、早坂《はやさか》さんのおにぎりをみるやいなや、目の色を変えて群がった。橘《たちばな》さんと宮前《みやまえ》は高菜おにぎりをめぐってにらみあいになり、あげくジャンケンをはじめていた。

でも、俺は少し離れたところにいて、ずっと景色を眺めていた。

早坂《はやさか》さんのおにぎりには一切、手をつけていない。

「桐島《きりしま》くん、食べないの?」

早坂《はやさか》さんがこっちにきて、きいてくる。

「ああ、俺はいい」

「そっか……」

早坂《はやさか》さんはそういうと、みんなのほうに戻っていった。

「桐島《きりしま》さん、いいんですか、早坂《はやさか》さんのおにぎり食べなくて……」

遠野《とおの》がやってきて、遠慮がちにいう。

「いいんだ。俺はどちらかというと、シンプルなおにぎりが好きなんだ」

「そうですか」

遠野《とおの》は俺のとなりに腰かけて、しばらく黙って、俺と同じように景色を眺めていた。でも、やがておずおずといった。

「塩おにぎりなら、ないこともありません」

そういって、リュックのなかから、ラップに包まれたおにぎりを取りだす。早坂《はやさか》さんのおにぎりに比べたら形が不格好で、地味だった。でも――。

「結局、こういうのが一番おいしいんだよな」

俺は遠野《とおの》がにぎってきた塩おにぎり、十個を全部ひとりで食べ尽くした。

「桐島《きりしま》さんは……やっぱりアホな人です」

遠野《とおの》はそういうと、俺にくっついて、テーブルの下で手を握ってきた。

休憩を終えて、登山を再開する。中腹から山頂に向けての段階になると、登山道の様子が今までとは打って変わって厳しいものになった。

道幅が狭いうえ、足を滑らせたらどうやっても登山道に戻ってこられないような急斜面が谷底までつづいている。本当に危険なところには金網が設置されているが、その金網が破れていたりもする。

木の根だけでなく、石がこちらに向かって突きだしている。道というより岩場で、こけて手をついただけで怪我《けが》をしそうだった。

「あっ」

遠野《とおの》が足を滑らせる。後ろを歩いていた俺は、そんな遠野《とおの》の体をしっかり抱きとめた。

「大丈夫か？」

「はい……ありがとうございます」

遠野《とおの》が俺の手を強く握る。それからは、俺は遠野《とおの》を助けながら山を登った。少し急な斜面があれば、先に登って遠野《とおの》の手を取って引っ張りあげる。水の流れる浅瀬を渡るときは、靴が浸水しない場所を先に歩いて確認する。

「こういう体を使うことは私のほうが得意だと思ってました。でも、山だと桐島《きりしま》さんのほうが頼りになりますね」

「普段、高下駄《たかげた》で東山三十六峰《ひがしやまさんじゅうろっぽう》を歩きまわってるからな」

「鞍馬《くらま》天狗《てんぐ》になろうとするへんてこ大学生……」

なんともいえない表情をする遠野《とおの》。

でも、そうやって手を取りあって山を登っているうちに、遠野《とおの》の表情は明るくなり、機嫌もどんどんよくなっていった。

「えへへ」

へらっとした表情で笑いながら、俺の腕を抱きしめてくる。

「おい、危ないぞ」

「私も、橘《たちばな》さんが持っているような木の棒が欲しいと思っていました。ぶんぶん振り回して歩けば楽しいですし、こけそうになったら杖《つえ》のようにつくこともできます」

でも、と遠野《とおの》はいう。

「私に木の棒は必要ありませんでした。だって、桐島《きりしま》さんがいるんですから」

俺たちはくっつきながら最後尾を歩いた。遠野《とおの》はすっかりラブラブモードになっていた。

「今夜は私の部屋に一緒に帰りましょうね。一緒にくっついて眠りましょう」

さらに遠野《とおの》は道中で、キスまでせがんできた。最近、不安だったぶん、気持ちにドライブがかかっているようだ。

「いいじゃないですか、みんな景色をみて、私たちのことなんてみていませんよ」

遠野《とおの》が安定するならと思い、俺は遠野《とおの》にキスをしようとする。

その直前、先を歩く早坂《はやさか》さんが振り返って、目があった。遠野《とおの》はもう目をつむってあごをあげている。俺は一瞬考えて――。

そのまま遠野《とおの》にキスをした。

早坂《はやさか》さんの表情は、『いいんだよ、それでいいんだよ』といっているようだ。

その表情が寂しそうにみえたのは、多分、気のせいだ。

早坂《はやさか》さんのおにぎりに手をつけなかったとき、苦しそうな顔をしているようにみえたのも、全部気のせいだ。

もしかりに、ないとは思うけど万が一、早坂《はやさか》さんが寂しさのようなものを感じていたとしても、それを埋めるのはもう、俺の役割じゃない。それをするのは——。

福田《ふくだ》くんの役目だ。

◇

休憩所を出発してから、俺と遠野《とおの》が最後尾を歩いている。そして、一番前を早坂《はやさか》さんと福田《ふくだ》くんが歩いていた。

これはヤマメ荘の面々で考えた作戦どおりの展開だった。

「吊《つ》り橋《ばし》の宇宙大作戦だ」

登山の前に開催されたヤマメ荘の作戦会議で大道寺《だいどうじ》さんはいった。

吊《つ》り橋《ばし》効果。命の危険を感じてドキドキしていると、それを恋のドキドキと脳が勘ちがいして、そのとき一緒にいる人を好きになってしまうという、いわずとしれた心理効果。嘘《うそ》か本当かわからないが、みんなけっこう信じている。

そしてこの登山道にはまさに本物の吊《つ》り橋《ばし》があり、早坂《はやさか》さんと福田《ふくだ》くんを急接近させるにはうってつけのシチュエーションだった。

いつもなら、てんやわんやにつながるポンコツ作戦なわけだが、今回は様子がちがっていた。

福田《ふくだ》くんはすでに早坂《はやさか》さんに想《おも》いを伝えている。

「早坂《はやさか》さんは過去の恋愛をひきずっているといっていた。そしてそのことをいうとき、ひどくつらそうな顔をしていた。だから、僕はそんな早坂《はやさか》さんを……助けたい」

登山に出発する前、福田《ふくだ》くんはいっていた。

「おこがましい話だけれど、僕は早坂《はやさか》さんを大切にできると思う。だから、早坂《はやさか》さんには過去の好きだった人より、僕のことをみてほしい。そして、そうなるように、もう少し積極的にがんばってみるよ」

浜波《はまなみ》プロデュースによって、福田《ふくだ》くんの外見は少し大人びた。でもそれは見た目だけの話ではなかった。

福田《ふくだ》くんはもう農業高校出身のほんわかした学生といった雰囲気ではなかった。

一途《いちず》に恋をする、青年の眼差《まなざ》しだった。

福田《ふくだ》くんは登山途中の休憩所を出発するとき、少し照れながら、早坂《はやさか》さんにいった。

「僕と、一緒に登ってほしいんだ」

早坂《はやさか》さんは、「え?」とききかえした。きっと早坂《はやさか》さんもその意味をわかっていたと思う。

みんなといるのに、一緒に登ってほしい。

それは集団でいながらも、ふたりでセットになって一緒にいようという、とてもストレートな好意の打ち明けだった。

今までの福田《ふくだ》くんなら、恥ずかしさが勝って、絶対にしないことだ。だから早坂《はやさか》さんは思わずきかえしたのだ。

そんな早坂《はやさか》さんのリアクションをみて、福田《ふくだ》くんは視線を少しそらしながらも、もう一度、はっきりとした口調でいった。

「僕と一緒に登ってほしい」

早坂《はやさか》さんは一瞬、間を置いてから、「いいよ」といった。

福田《ふくだ》くんの気持ちを真剣に考えてみる。

早坂《はやさか》さんの言葉に偽りはなかった。

そして休憩所以降、ふたりは集団のなかに生まれたカップルのように静かな、ある種、友だちとはちがう雰囲気で、ふたりだけの関係性で前を歩いていた。

福田《ふくだ》くんは早坂《はやさか》さんに対して一生懸命話しかけ、かつ、足元が危なくないかとか、そういうことにも気を配っている。

早坂《はやさか》さんはそんな福田《ふくだ》くんの好意をわかっていて、やさしい表情で受け止めていた。

やわらかい雰囲気のふたりが仲良く歩くその場所は、まるで陽《ひ》だまりのようだった。

「いい感じですね」

最後尾を歩き、俺にくっつきながら、遠野《とおの》がいう。

「福田《ふくだ》さんには幸せになってほしいです」

そんな感じで、山を登りつづけた。

早坂《はやさか》さんと福田《ふくだ》くんが前を歩き、真ん中あたりで橘《たちばな》さんが棒を振り回し、それを浜波《はまなみ》が迷惑そうによけ、宮前《みやまえ》が写真を撮り、大道寺《だいどうじ》さんが句を詠《よ》み、俺と遠野《とおの》が後ろにつづく。

時折、早坂《はやさか》さんが後ろを振り返った。こちらをみているような気がしたが、俺はなにもリアクションしなかった。

それはきっと、早坂《はやさか》さん自身が決めなければいけないことだからだ。

そして山頂にたどりつくための最後の難所、吊《つ》り橋《ばし》にやってくる。これがなかなかの代物だった。そこまで長くはない。でも、木の蔓《かずら》で吊《つ》られていて、しかも足元の木の板がスカスカなのだ。渓谷の下の荒々しい川の流れがよくみえる。

一歩踏み外したら、落ちていきそうだった。

吊《つ》り橋《ばし》の前で、みんないったん立ちどまる。

まず一歩を踏みだしたのは、やはり先頭を歩いていた福田《ふくだ》くんだった。

つづいて早坂《はやさか》さん。ふたりとも手すりをさわり、足元をみながら気をつけて渡っていく。

最初は順調だった。でも目にみえて、早坂《はやさか》さんの速度が落ちていく。そして、真ん中くらいまできたところで——。

「ごめん。やっぱ、ちょっとこわい」

そういって、立ちどまってしまった。

本当にこわいようで、顔は周りに気をつかってにこやかさを保っているけど、ちょっと泣きそうで、足も震えている。

俺は早坂《はやさか》さんのところにいこうとして、でも、足を止めた。

遠野《とおの》がぐっ、と俺の手を握ったのだ。

俺はその手を——しっかりと握り返す。

そのあいだに、先にいっていた福田《ふくだ》くんが戻ってきていう。

「大丈夫？」

「無理かも……」

早坂《はやさか》さんは両手で橋の手すりにつかまって、動けないでいる。そんな早坂《はやさか》さんをみて、福田《ふくだ》くんはその手を差しだした。

「一緒に、いこう」

それでも早坂《はやさか》さんがこわがって手すりから手を離せないから、福田《ふくだ》くんは顔を真っ赤にしながらも、早坂《はやさか》さんの手首をつかんだ。

「ちゃんと向こうまで送り届ける。僕はこの手を絶対離さないから」

早坂《はやさか》さんは戸惑った顔をしたが、その手を振りほどくことはなく、そのまま手すりから手を離した。

福田《ふくだ》くんは早坂《はやさか》さんの手を握りなおし、ゆっくりと彼女を先導する。

「足元はみたほうがいいけど、みすぎないほうがいい」

とてもスローなペースで、福田《ふくだ》くんは早坂《はやさか》さんの手を握ったまま橋を渡りきった。

そのあとは手を離したけれど、福田《ふくだ》くんはずっと顔を赤くして、うつむきがちだった。

そんな照れたような雰囲気のまま、ふたりは山頂まで登ったのだった。

◇

山頂でひとり景色を眺めている。

宮前《みやまえ》たちは大道寺《だいどうじ》さんがキャンプ道具を使って沸かしたコーヒーを飲んではしゃいでいた。

福田《ふくだ》くんと早坂《はやさか》さんは少し離れたところで、遠くにみえる湖を指さしてなにか話している。

ふたりの関係は、この登山をきっかけに大きく前進したと思う。

これでいい、これしかない。

遠野《とおの》はまだ不安定だ。相変わらず早坂《はやさか》さんと話そうとはしないし、宮前《みやまえ》とはぎこちない。好んでちょっかいをだす相手は橘《たちばな》さんになっていた。

道中、こんなことをいっていた。

「早坂《はやさか》さんと福田《ふくだ》さんが付きあって、あまり我々と遊ばなくなったら寂しいですね。でもまあ、私は桐島《きりしま》さんと橘《たちばな》さんがいれば楽しくやれると思います」

らしくない発言だった。まだバランスを崩している。

俺は遠野《とおの》の彼氏で、遠野《とおの》の安定が一番だった。

そして早坂《はやさか》さんも福田《ふくだ》くんに握られた手を振りほどかなかった。福田《ふくだ》くんの気持ちを真剣に考えているし、大切にしようとしている。

そういうことなんだな、早坂《はやさか》さん。

俺はその背中をみながら思う。

もしふたりが付きあったら、高校のときに俺としていたようなことを、早坂《はやさか》さんは福田《ふくだ》くんとするようになるのだろう。

福田《ふくだ》くんと早坂《はやさか》さんが抱きあっているところを想像する。

早坂《はやさか》さんは俺にだけみせていたあの甘えきった表情を、福田《ふくだ》くんにみせ、キスだってする。

俺はそのことに胸の痛みや苦みを感じるべきじゃない。そう、感じるべきじゃないのだ。むしろ友人として祝福するべきだ。

風にあたりながらそんなことを考えていると、ふと、となりに橘《たちばな》さんが立っていた。

「早坂《はやさか》さんがかわいそう」

「え？」

俺は思わずききかえす。早坂《はやさか》さんはやはり福田《ふくだ》くんにやさしく笑いかけている。でも――。

「私は早坂《はやさか》さんの気持ちがわかるから。だから、少しかわいそう」

橘《たちばな》さんはそういうのだった。

俺は、「橘《たちばな》さんはどうするつもりなんだ？」ときく。

早坂《はやさか》さんは俺と宮前《みやまえ》、橘《たちばな》さんたちとの関係からおりるといった。そして橘《たちばな》さんも二番目の関係にいながら、最初からどこか距離をとっているような感じがある。宮前《みやまえ》はいつも本気だけど、そんな宮前《みやまえ》と張りあうこともない。

「以前、『私がしたいのはこういうことじゃない』っていってたよな」

「うん」

橘《たちばな》さんはうなずく。そして、ラブホテルの前で早坂《はやさか》さんと一緒に私たち二番目の彼女でいいからといったのは完全に勢いだけだった、という。

「勢いに身をまかせすぎじゃない？」

「司郎《しろう》くんがわるい」

「じゃあ、橘《たちばな》さんが本当にしたいことって一体――」

そこで橘《たちばな》さんは遠野《とおの》をみる。その瞳はどことなく哀《かな》しみの色を帯びていた。

「遠野《とおの》さん、私とすごく仲良くしてくれる。私の好きな人が司郎《しろう》くんってこと、知らないから」

そこできれいな形の眉を寄せる。

「少し、気まずい」

でも、と橘《たちばな》さんはまたフラットな表情に戻っていう。

「私は私の決断をしなきゃいけないと思う」

そのとおりだった。

結局のところ、みながみな、相手に気をつかったり、そのなかで自分の想《おも》いだったりゆずれないものがあったりして、どうしていくかということなのだ。

同じ関係性のなかにいるようにみえても、それぞれの気持ちというのは足並みがそろっているというものではなくて、ひとりひとりが決断していくものなのだろう。

そして早坂《はやさか》さんはひとつの決断をしたのだ。

橘《たちばな》さんのいう、少しかわいそう、というニュアンスについてはきっと、考えてはいけない種類のものだ。俺はそれを曖昧なままにして前に進まなくちゃいけない。

いずれにせよ、浜波八卦《はまなみはっけ》の陣によって、早坂《はやさか》さんは離脱した。

橘《たちばな》さんと宮前《みやまえ》、残るふたりとビターエンディングな決着をするだけだ。

そう思っていた矢先のことだった。

下山途中、早坂《はやさか》さんが行方不明になった。

◇

きっかけは、キノコだった。

山を下りていく途中で、宮前《みやまえ》がカラフルなキノコをみつけたのだ。もちろんそんなキノコは毒キノコなので食べたりはしない。でもなんだか面白くて、あっちにもある、こっちにもある、と、みんなではしゃぎまわった。

そして山道からそれて、あっちこっちみているうちに、大道寺《だいどうじ》さんが季節外れのマツタケをみつけた。

「これ、持って帰ったら食べられるんじゃないのか？」

さらに福田《ふくだ》くんもつづけた。

「山菜もあるかもしれない……」

貧乏学生の考えることはだいたい食料のことで、こうなると食べられるものを山からいっぱい持って帰ろうとなり、みんなで周囲を散策することになった。

これがいけなかった。

みんな夢中になってバラバラに散策していたのだが、いざ帰ろうとなったとき、早坂《はやさか》さんがいなくなっていた。

不穏な空気が流れた。

「少し遠くにいってしまったのかも。みんなにキノコ料理を振る舞いたいっていってたから」

そういいながら、福田《ふくだ》くんはひどく心配した表情をしていた。

それから俺たちはその場で待ってみたり、大きな声で呼びかけたりした。でも、早坂《はやさか》さんは戻ってこない。次第に日が暮れていく。

スマホの電波は立っていなかった。もう少し低いところまでいけば通じるが、山頂付近だと電波がないのだ。

「夜になったら、俺たちまで遭難してしまう」

大道寺《だいどうじ》さんがいう。

「みんなの気持ちはわかるが、ここはいったん山を下りて、救助を求めたほうがいい」

その場にいる全員、後ろ髪を引かれる思いだった。宮前《みやまえ》は泣いていたし、普段クールな橘《たちばな》さんも不安げにきょろきょろとしていた。

それでも大道寺《だいどうじ》さんのいっていることが正しいとわかるから、重い足取りながらも、山を下りはじめた。

「俺が前を歩く。山に慣れてる桐島《きりしま》が一番後ろからみんなをみてくれ」

大道寺《だいどうじ》さんがそういい、隊列を組むようにして、きた道を戻っていく。

「早坂《はやさか》さんはダウンジャケットを着て、ニット帽もかぶっていた。救助隊がくるまで、なんとかなるはずだ」

大道寺《だいどうじ》さんはそういうが、真冬の山だ。夜はかなり冷えこむ。早坂《はやさか》さんが一晩明かすことができるだろうか。

山中で膝を抱え、洟《はな》をすすっている早坂《はやさか》さんを想像すると、胸の奥が苦しくなった。

そんなふうに山に集中していなかったのがよくなかったのかもしれない。

吊《つ》り橋《ばし》を渡っているときのことだ。

俺は不注意から、板のないところに足を置いてしまっていた。

バランスを崩して、前につんのめる。もちろん、それだけでは橋の下に落ちたりしない。板の間隔は体が通るほど広くはない。

でも不運が重なった。俺が倒れたところの板が、朽ちて脆《もろ》くなっていたのだ。板が割れて、浮遊感とともに、落ちていく。

「桐島《きりしま》さん！」

最後にみたのは、遠野《とおの》が俺に向かって手を伸ばす光景だった。俺も手を伸ばした。

でも──。

指先と指先がふれただけで、遠野《とおの》は俺の手をつかむことはできなかった。俺も、遠野《とおの》の手をつかむことができなかった。

次の瞬間には、真っ暗な水のなかだった。渓谷の、ごうごうと音を立てる川に落ちたのだ。

上からみていたよりもずっと深くて、川底にぶつかることはない。でもそのぶん、その内側の流れは速く、複雑で、泳げない俺は川の流れのなすがままだった。

うねり、ゆさぶられ、時折、水面に顔がでて、そのときに息を吸った。

一瞬だったようにも感じるし、長く苦しくも思えたが、いずれにせよ水流が穏やかになった場所で、俺は岸にあがった。

そのときにはもう、俺が落ちた橋がどこにあったかわからないほど、遠くに流されていた。周囲に登山道らしきものもみあたらない、ここがどこかもわからない。

ただ日が暮れて、視界がわるくなった山のなか。

俺はすぐに自分が危機的な状況にいるのがわかった。帰れない真冬の山で、濡《ぬ》れてしまっている。このままだと、低体温症になって助けがくるまで待つこともできない。

急いで濡《ぬ》れた服を脱いで絞り、持っていたタオルで体を拭く。でもリュックのなかにあったタオルも濡《ぬ》れてるし、外気が冷たくて、すぐに体が震え、歯が鳴りはじめる。

撥水性《はっすいせい》の高い上着を着ていたから、上半身はそれだけを着て、すぐに歩きはじめる。

その場にとどまっていたら、体温が下がりつづけるだけだ。

朝まで待つことはもうできない。

一刻も早く登山道をみつけて、山を下りなければ助からない。

急ぎ足で、川に沿って進もうとしたときだった。

かすかに、女の子が泣いているような声がきこえた。

夜の山でそんなものがきこえたら、まるで怪談で、こわいと感じるかもしれない。でも、俺は直感していた。

砂利を踏んで、石を乗り越え、枝をかいくぐり、その声の元にたどりつく。

その女の子はしゃがみこんで、俺が想像したとおり、膝を抱えて洟《はな》をすすっていた。

そして、その女の子は俺をみるなり、安心した顔になってぽろぽろと涙を流した。

もちろん、その女の子は早坂《はやさか》さんだ。

◇

「えへへ」

俺の背中で、早坂《はやさか》さんが笑う。

早坂《はやさか》さんをおんぶして、川沿いをくだっていた。

「ごめんな、俺も遭難しちゃってて」

「ううん。桐島《きりしま》くんがきてくれて、私、嬉《うれ》しかったもん」

俺は早坂《はやさか》さんのオーバーサイズのダウンジャケットを着ていた。そのぶん、早坂《はやさか》さんは薄着になっている。

再会してすぐ、早坂《はやさか》さんは俺が濡《ぬ》れていることに気づいた。それで、自分の着ている上着を俺に渡してきたのだ。当然、俺は断った。でも――。

「ダメだよ！　桐島《きりしま》くんになにかあったら、私……」

そういって押しつけてくるものだから、やむなく受け取った。

「じゃあ、がんばってふたりで助かろうな」

早坂《はやさか》さんが登山道から姿を消した原因は滑落だった。ヤマメ荘のみんなのために食べられそうなキノコを探しているうちに、急な斜面を落ちていったのだという。

「地面があるって思って足を踏みだしたらさ、落ち葉が積み重なっていてわからなかったけど、そこに地面がなかったの」

危険な斜面だから転がった先には金網があったのだが、その金網は壊れていて、破れた網の隙間から体が投げだされてしまった。

それで俺と同じようにもう登山道に戻れない、どこかもわからない場所にきてしまった。

「川の流れがきこえてね。水の流れていく方向に歩いていったら山から下りれるんじゃないかって思ったんだ」

でも、早坂《はやさか》さんは滑落したときに足を痛めてしまっていた。

歩けなくなって、その場にうずくまっていたところ、俺があらわれたというわけだ。

そして服を分けあい、俺が早坂《はやさか》さんをおんぶして、水が流れるほうに向かって歩いている。

「どんどん暗くなって、歩けなくて、山のなかに私ひとりで、もうダメだって思った」

俺の背中で、早坂《はやさか》さんがいう。

「それでね、誰か助けて、って思ってね……そのとき浮かんできたのは……桐島《きりしま》くんだったんだ……」

高校のとき、俺は早坂《はやさか》さんが困っていたら、いつも助けようとしていた。

「今回も、きてくれたね」

早坂《はやさか》さんが、ぎゅっ、と俺に抱きつく。やわらかい体と、温かい体温。

「……あのね、私ね、やっぱり桐島《きりしま》くんのことがね」

俺の体にまわした早坂《はやさか》さんの腕に力が入る。でも、早坂《はやさか》さんはそこで黙りこんだ。そして、少し呼吸を整えてからいった。

「……ありがとね」

それから俺たちは夜の山中を歩きまわった。冬の山でひと晩明かすには、分けあった服では心もとなく、なんとか山からでたかった。

木々をかきわけて、民家の明かりがみえてくることを期待した。でも、どれだけ歩いても暗闇ばかりで、ライトとして使っているスマホのバッテリーも減っていく。

早坂《はやさか》さんは俺の背中で、平静にしていた。ただ、だんだん彼女の体温が下がっていくのがわかった。俺の体も冷たくなっている。今にも手足が震えだしそうだった。でも早坂《はやさか》さんに心配をかけたくないから、ぐっと力を入れて我慢する。

もう少し、もう少しがんばろう、そんな気持ちだった。でも――。

山は厳しかった。

水の流れに沿って歩いていたのだが、その選択は成功しなかった。

「滝だ……」

寄り集まって川になった水は、勢いよく崖下に落ちていっていた。

「迂回《うかい》して……崖下に下りられないかやってみよう……」

できるだけ、明るい声で早坂《はやさか》さんに声をかける。早坂《はやさか》さんは、「うん」とうなずく。その声は弱々しく、伝わってくる体温はさらに下がっている。

体のつかれを意識しないようにして、意志の力で足を動かす。でも、さらに厳しいことが起きる。

雨が、降ってきたのだ。

強い雨で、冷たい雫《しずく》が、木々の葉を貫き、俺たちに降り注ぐ。

あえて、なにもいわずに俺はどこにあるかもわからない出口を求め、歩きまわった。

なにか、なにか助かる糸口が欲しかった。でも――。

地面がぬかるみ、いよいよ歩くことも難しくなってしまう。そのときだった。

早坂《はやさか》さんが自分から、俺の背中から降りた。

「私のことはいいから、先にいって」

「いや――」

「桐島《きりしま》くんは山に慣れてるから、ひとりだったら助かるかもしれないでしょ？」

「そんなこと、できるわけないだろ」

俺はむしろ早坂《はやさか》さんに助かってほしくて、早坂《はやさか》さんの上着を返そうとする。でも早坂《はやさか》さんはかたくなに受け取らない。それを押し付けあう感じになる。

早坂《はやさか》さんは上着を受け取らないし、俺の背中に乗ろうともしない。

てこでも動かない、あの意地っ張りな早坂《はやさか》さんが顔をだしていて、でも今はそれどころじゃないから、俺も口調が強くなる。

「いいから着ろって！」

「桐島《きりしま》くんが着てっていってるでしょ！」

早坂《はやさか》さんも声を荒らげる。お互い極限状態で、ひどい言い合いになる。それで早坂《はやさか》さんがヒートアップする。

「桐島《きりしま》くんのバカ！　なんで私の気持ちがわからないの⁉」

俺が渡そうとした上着を地面に投げ捨て、怒ったようにいう。

でも次の瞬間にはひどく落ち着いた表情になる。そして――。

「……桐島《きりしま》くんがいけないんだよ。私を置いていかないから、いけないんだよ。だから私は、いっちゃうんだよ」

早坂《はやさか》さんは目を伏せ、寂しそうな口調でいった。

「私、まだ桐島《きりしま》くんのこと、忘れてないんだ。好きなままなんだ。高校のときから、ずっと」

それは——。

夏に再会して以来、早坂《はやさか》さんが絶対にいわないようにしていた言葉。俺が気づかないふりをしていた感情。

早坂《はやさか》さんはそれをいったあとで、ひどく困った顔をする。でも、声にしてしまった言葉が元の場所に戻ることはなくて、目をそらしたままつづけた。

「好きな人に無事でいてほしいんだ……私のせいでなにかあったら、耐えられないもん。だから、桐島《きりしま》くんはもういって……」

「早坂《はやさか》さん……」

それからは、俺が上着を拾って渡そうとしても、早坂《はやさか》さんはもう、首を横に振るだけだった。おんぶしようとしても、やっぱり首を横に振る。

「こんなときに好きなんていってごめんね。でも、そうじゃないと桐島《きりしま》くん、本気にしないでしょ。好きだから、桐島《きりしま》くんには助かってほしいんだ」

早坂《はやさか》さんは、ずっといわないようにしていた言葉をいうことで、ここにとどまる決意を示したのだ。

俺は早坂《はやさか》さんの頰にふれる。冷たさだけでなく、歯も鳴っていて、彼女の体が芯から震えているのがわかった。さっきの俺みたいに、ぐっと力を入れて震えるのを我慢しようとして、それを、隠しきれないでいる。

もしかしたらこれから訪れる、山のなかでひとりぼっちになる恐怖を隠そうとしているのかもしれない。もちろん、俺は早坂《はやさか》さんをこんなところでひとりになんてさせない。

でも、早坂《はやさか》さんは足を怪我《けが》していて、俺の足手まといにならないように、ひとりでここに残るつもりでいる。

俺はそんな早坂《はやさか》さんをなんとかして動かさないといけない。

そしてその方法はあった。とても簡単な方法だ。

心の扉を開くだけでいいのだ。

目をつむり、俺は心の奥底に押しやろうとしていた感情をみつめ、いう。

「俺も早坂《はやさか》さんのこと好きな気持ち、高校のころから変わってないよ」

冷たくなった早坂《はやさか》さんの体を抱きしめる。少しでも温かくなってほしい。

「俺も早坂《はやさか》さんと同じだ。好きな人に助かってほしい。だから、早坂《はやさか》さんを置いていくわけにはいかないんだ」

俺はもう一度、高校生のときの、制服を着ていたときの桐島司郎《きりしましろう》の気持ちに戻っていう。

「好きだ」

それは簡単だった。

普段はそれが顔をだすことはない。でもその感情は、誰も立ち入ることのできない山の頂《いただき》の白い雪のように、ずっとそのままの姿で残りつづけていたのだ。

早坂《はやさか》さんが全身の力を抜き、その体を俺にあずけ、背中に手をまわしてくる。

そして顔をあげ、泣き笑いのような表情でいった。

「バカ」

◇

身を切るような寒さのなか、早坂《はやさか》さんと身を寄せあっている。

雨はあたっていない。崖の壁面にくぼんでいるところをみつけたのだ。そこに座り、俺は早《はや》坂《さか》さんを後ろから抱きしめていた。

早坂《はやさか》さんの冷たくなった手をさする。でも、まったく温かくならない。俺の手も、もう冷たくなってしまっているからだ。

雨はあたらないけど、身を切るような寒さは変わらない。

それでも早坂《はやさか》さんは穏やかな顔をしていた。

「えへへ」

俺にもたれて、目をつむっている。

「好きな人に好きっていえるの、すごく幸せ」

俺たちは完全に高校のときのテンションに戻っていた。助けのこない冬山は、世界でふたりぼっちになった状況と変わらなかった。

どこに気をつかうこともない。倫理や正しさ、配慮は存在しようがない。

つまり、大人である必要がなかった。

「私ね、ずっと桐島《きりしま》くんのこと待ってたんだよ。海辺の街で、電車に乗って桐島《きりしま》くんが私を迎えにきてくれるの」

早坂《はやさか》さんは語る。

「でね、再会してね、今度はちゃんとした恋人になるの。車で一緒におでかけして、ふたりでベッドで眠って、私はとにかくずっと桐島《きりしま》くんにくっついてるの」

でも、そんなにうまくいかないよね、と早坂《はやさか》さんはいう。

「だって桐島《きりしま》くんは私のこと好きだけど、同じくらい橘《たちばな》さんのこと好きだもん。でしょ？」

「ごめん」

「だからね、桐島《きりしま》くんと再会したら、橘《たちばな》さんとの関係もちゃんとしなきゃ、って思ってたんだ。仲直りして、もう一度やりなおすの。桐島《きりしま》くんにちゃんと好きっていって、それでも桐島《きりしま》くんが橘《たちばな》さんを選ぶなら、そのときはふたりを祝福しようって」

そこで早坂《はやさか》さんは表情を崩す。

「なのに全然ちがう女の子連れてあらわれるんだもん、びっくりしちゃうよ」

俺はもう一度、早坂《はやさか》さんに謝る。

「いいの。だって、もうそういうの関係なくなっちゃったし、だから好きっていえるし」

「俺たちは助かるよ」

そういって早坂《はやさか》さんを強く抱きしめる。体温が少しでもあがることを願う。そしてその願いのなかには、まちがいなく早坂《はやさか》さんのことを愛おしいという気持ちが入っている。

俺はわかっていた。

早坂《はやさか》さんのことを忘れることはできない。これまでは心の奥底に隠していただけだ。理性や、社会性、そういったもので覆っていた。

でも、この山のなかで、命が寒さにさらされたこの状況で、その覆いはなくなってしまった。無意識のうちに、大事にしまっていたのかもしれない。橘《たちばな》さんがそうしていたように、早坂《はやさか》さんが今打ち明けたように、そして俺も――。

そのとき、夜風が吹く。その冷たさは、肌が切れるかのようだった。

「こんなことにならなきゃ、絶対いわないつもりだったんだよ。でも、ほら、もう――」

「大丈夫、大道寺《だいどうじ》さんたちが必ず助けを呼んできてくれる」

太陽が昇りさえすれば、陽《ひ》ざしが俺たちを温めてくれる。そして夜が明ければ、すぐにでも救助隊がきてくれるはずだった。俺が落ちた場所はみんな知っていて、そこから予測できるはずだからだ。

寒さのなか、まるで永遠のような時を過ごした。

頭が痛くなってきて、考えもまとまらず、ただただ空が白むのを待った。途中、意識もとびそうになった。

そうして、時計をみたとき、俺は絶望した。永遠にも思えた時間が、十五分にも満たなかったからだ。夜明けまで、まだ何時間もある。

俺にできるのはもう、全てを流れにまかせて、冷たい風から少しでも早坂《はやさか》さんを守れるよう、彼女を抱きつづけることだけだった。

それからさらに時間か経過したあとのことだ。

ふと顔をあげると、雨がやんでいた。少し開けた視界。周囲をみまわしていた、そのときだった。

「私、もうダメっぽい」

早坂《はやさか》さんが、俺の腕のなかで、弱々しくいう。

「いや――」

「桐島《きりしま》くんはなにもいわないで。私に最後までいわせて……いって、おきたいんだ……」

早坂《はやさか》さんがそういうので、俺はその言葉を待つ。

「私ね、嬉《うれ》しかったんだよ。桐島《きりしま》くんが助けてくれて。あのとき、もうダメだって思って、最後に桐島《きりしま》くんに会いたいって思って、それで会えて、だから幸せなんだよ」

早坂《はやさか》さんの表情は穏やかだ。

「桐島《きりしま》くんに、もっと私の好きって気持ち、伝えたかったな」

俺は、伝わってるよ、という。

「ううん。私、大人なふりして、かっこつけて、抑えてたもん。今だって、もっと元気だったら、桐島《きりしま》くんにもっと甘えるもん――」

ねえ、と早坂《はやさか》さんが呼びかけてくる。

「最後にキスしてほしい」

「早坂《はやさか》さん、最後なんかじゃ――」

「お願い。好きな人の腕のなかで、いっぱい愛されたまま目を閉じたいんだ」

「そのことなんだけど……」

早坂《はやさか》さんはすっかりそういうテンションで、そういうつもりなわけだけど、俺はいおうかいうまいか一瞬悩んで、でも、さすがにこっちのほうが大事だろと思っていう。

「俺たち、どうやら助かりそうなんだ」

「え？」

「雨がやんで、視界が開けたからみえるようになったんだけど……」

俺は少し離れた茂みのなかを指さす。

雲の隙間から白い月がのぞき、その光が、山小屋の存在を俺たちに教えていた。

「あそこなら風雨をしのげるだろうし、朝まで過ごせると思う」

「………」

早坂《はやさか》さんはしばし黙りこんだのち、すくっと立ちあがり、山小屋に向かって歩きだした。

振り返って、不満げにいう。

「気づいてたんなら、もっと早くいってよねっ」

◇

山小屋は、かつて休憩所として使われていたという雰囲気だった。簡易なベッドに毛布が一枚と、ランタンの形をしたライトが置かれている。

ライトはまだ電池が残っていたらしく、スイッチをいれるとやさしい光を放ちはじめた。それだけで、体が温まるようだった。

さらに俺たちはベッドと毛布の埃《ほこり》を払った。長く使われていないだけで、特に汚れたりはしていなかった。

そこで、俺のお腹《なか》が鳴った。寒さで体力を奪われ、ほっとしたところで、自分の空腹に気づいたのだ。でも、山小屋のなかに乾パンなどの非常食は備えつけられていなかった。

「あ、そうだ。これ食べて」

早坂《はやさか》さんがリュックのなかからだしたのは、ラップに包まれたおにぎりだった。

「辛子高菜のおにぎり。桐島《きりしま》くんのぶんって思って、ひとつだけとってたんだ……辛子高菜、桐島《きりしま》くん好きだったし……」

俺たちはベッドにならんで座り、おにぎりをふたつに割って、分けあって食べた。

「桐島《きりしま》くんが食べてくれて嬉《うれ》しい。持って帰って自分で食べることになるって思ってたから」

そういったあとで、早坂《はやさか》さんは困ったような顔をする。

「ダメだね。こんなこといっちゃ。私たち、助かるんだもんね」

「ああ。俺たちはきっと助かる」

「助かったら、桐島《きりしま》くんは遠野《とおの》さんの彼氏だもんね」

俺は黙ってうなずく。そこで、まだ早坂《はやさか》さんの体が震えていることに気づく。

山小屋で風雨をしのげるとはいえ、暖房があるわけではない。隙間から外気だって入ってくるし、決して暖かいわけではないのだ。

雨に濡《ぬ》れた服は、長いあいだ外にいたものだから、凍っているところさえあった。

俺たちは顔をみあわせる。

「仕方ないよね……」

「ああ」

俺たちは服を脱いだ。早坂《はやさか》さんは下着姿になったところで恥ずかしそうにしていたが、その下着も濡《ぬ》れて冷たくなっていたから、遠慮がちにそれも脱いだ。

互いに裸になってベッドにゆき、一枚の毛布にくるまって横になる。

しばらく、無言で抱きあっていた。

次第に早坂《はやさか》さんの体温があがってきて、毛布のなかが暖かくなる。こうやっていれば、朝まで持ちそうだった。でも、問題がないわけではなかった。

「私たち、決めたよね。遠野《とおの》さんと福田《ふくだ》くんを裏切らないって」

「ああ」

暗黙のうちにそう決めて、そう動いていた。それがこの遭難という状況で、一度、タガが外れて好意を伝えあってしまった。

山から下りれば、また日常に戻る。

でも、今はまだ山のなかで、現実感のない非日常のなかにいて、世界にふたりぼっちの気分のまま、裸で抱きあっている。だから、早坂《はやさか》さんはいってしまう。

「もしさ、もう助からないって状況で、こうなってたら私たちどうしたかな？」

そういって、俺の胸に顔をうずめる。俺の胸に、かすかにくちびるがあたっている。

湿った吐息と、やわらかい体。

「キス、したと思う？」

早坂《はやさか》さんが顔をあげる。小さな顔、まだ冷たそうな白い頬、濡《ぬ》れた瞳。

俺は早坂《はやさか》さんがまだ好きであることを知っている。

早坂《はやさか》さんも俺がまだ好きであることを知っている。

だから——。

俺たちは自然と顔を近づけてしまう。でも、直前で早坂《はやさか》さんは俺の首すじに顔をうずめた。

「ダメだよね……私たち、京都に戻るんだもんね……そしたら、そんなこと絶対しちゃいけないんだもんね」

そうだ。そうなのだけれど、好意を持ちあった男女が裸で抱きあっているのだ。

俺たちは自然と強く抱きしめあっていた。

「ねえ桐島《きりしま》くん、私たち朝までこうしてられるかな。ただ抱きあったまま、他人みたいな顔していられるかな」

「それは——」

難しいかもしれない、と俺は正直にいった。俺たちは夏に再会してからずっと、感情を抑えこんでいて、それをさっき、さらけだしてしまっている。だから——。

「最後に高校のころに戻らない？」

と、早坂《はやさか》さんはいう。

「大人ぶった顔しないで、あのころみたいに正直に気持ちをちゃんと伝えあうの。ちゃんと言葉にして、いいたいことをいって、それを……最後にするの」

俺たちは朝になったらまた京都の人間関係に戻っていく。

でもその前に、最後に、本心をぶつけあおうと早坂《はやさか》さんはいっているのだ。ずっと秘めていた気持ちを終わらせるための通過儀礼。それをしたあとは、吹っ切れて、前に向かって進んでいく。

「キスもなし。そんなことしたら、未練、残っちゃうし」

あくまでこれは遭難しかけて、やむなく開いてしまった気持ちに決着をつけるための行為ということ。

「わかった、そうしよう」

俺はいう。

「じゃあ、今度は桐島《きりしま》くんからいって。本当に思ってること、正直にいって」

それをするのは簡単だった。さっき、俺は本心を少し語ってしまっていた。だから——。

「好きだよ」

もう一度いって、強く抱きしめる。

「夏に再会したときから、わかってたんだ。早坂《はやさか》さんのこと、まだ好きだって」

「うん」

早坂《はやさか》さんがしがみつくように抱きしめ返してくる。

「知ってた。わかってた。なんだか、伝わっちゃうんだ。一緒にいるだけで」

そしていう。

「私も好きだよ。ずっとずっと、好きなままなんだよ。桐島《きりしま》くんもわかってたんでしょ」

「ああ」

「なのに、なんで新しい彼女なんてつくっちゃったの？　なんで、私たちじゃないの？」

「ごめん」

「もっと思い出を大切にしてほしかった。あのころの気持ち、もっと大事にしてほしかった」

「……ごめん」

私、胸が痛かったんだよ、と早坂《はやさか》さんはいう。

「遠野《とおの》さんとイチャイチャしてるとこみせられて。私ふざけたふりしてたけど、ホントは泣きたかったんだよ」

俺はごめんしかいえない。

「おにぎりも桐島《きりしま》くんが手をつけなくて、胸が苦しかった」

ごめん。

「吊《つ》り橋《ばし》で動けなくなったとき、どうして助けにきてくれなかったの？」

ごめん。

でも、と早坂《はやさか》さんはいう。

「山でひとりぼっちで本当にもうダメって思ったときにはきてくれた」

「ああ」

だからいい、と早坂《はやさか》さんはいう。

「ねえ、もっと好きっていって。高校のときみたいにいっぱいいって」

俺は何度も好きと繰り返しながら、さらに強く抱きしめる。早坂《はやさか》さんは腰を弓なりに反らし、

「あ」と甘い吐息を漏らす。

「私も。海辺の街でね、大学に通いながら、やっぱり高校のときのこととか、桐島《きりしま》くんのこと、いつも考えてたんだ。忘れられなかったんだよ」

互いに好きといいながら抱きしめあう。

本当に高校のころに戻ったかのようだった。早坂《はやさか》さんが風邪をひいたとき、看病にいって、初めて抱きあってキスをした。あのときの気持ち。

「桐島《きりしま》くん、桐島《きりしま》くん、桐島《きりしま》くん！」

気づけば、俺たちは額をくっつけ、今にもキスしそうになっていた。

「ダメだよぉ、しちゃダメなんだよ。私たち、朝になったら、もう他人なんだもん」

そうだ。俺たちは気持ちを交換しあうだけで、一線を越えてはいけないのだ。だから——。

俺はキスする代わりに、くちびるを早坂《はやさか》さんの首すじに押しつけた。

それだけで早坂《はやさか》さんは――。

「あっ、うあぁ――桐島《きりしま》、くんっ」

体を震わせた。

「もっと、もっと教えて。桐島《きりしま》くんの本当の気持ち、もっと私に伝えてほしい」

いわれて、俺は首すじだけでなく、鎖骨にもキスをする。

「好きだよ、私も好きだったんだよ」

早坂《はやさか》さんは好き、といいながら感極まっていく。

「早坂《はやさか》さん――」

「だって嬉《うれ》しいんだもん。好きっていえるんだもん」

俺たちはまちがいなくあの青い感性の時代に戻っていた。狭い人間関係、感情が意識の大半を占めていて、とても脆《もろ》い。

その感覚のまま、長い時間、感情をぶつけあった。早坂《はやさか》さんは好きといいながら、俺の肌に何度も口づけをした。俺が強く抱きしめると、何度も体を震わせ、喘《あえ》ぎながら俺の肌を甘く噛《か》んだりもした。

最後、早坂《はやさか》さんは泣いていた。

「なんで、なんで遠野《とおの》さんと付きあっちゃったの？　なんで待てなかったの？　なんで迎えにきてくれなかったの？　なんで——」

ごめん、と俺は謝りつづけた。

「俺も早坂《はやさか》さんのこと忘れたことなかったよ。でもいろいろなことをうまくできなくて、それでこうなってしまったんだ」

早坂《はやさか》さんは泣きつかれてそのまま眠った。

そんな早坂《はやさか》さんの頭をなでながら、俺もまどろみのなかに落ちていった。

俺たちはくすぶっていた感情を伝えあうことで、それに決着をつけようとした。誰かを傷つけてまでその気持ちを押しとおしたりしないということを確認したのだ。

山を下りたらまた京都の人間関係に戻り、少し大人びた大学生の顔に戻る。

狭い世界でまちがいなく真実だったあの大切な気持ちは、完全な思い出になる。

俺たちにはその合意があった。

でも、俺たちはミスをしていた。

遭難と、激しく感情を伝えあったつかれから、深く、とても深く眠ってしまったのだ。

朝になり、救助隊が山小屋に入ってきたとき——。

俺たちはまだ、毛布のなかで、裸で抱きあったまま眠っていた。

そして、俺たちを心配していた遠野《とおの》と福田《ふくだ》くんも救助隊と一緒に山小屋のなかに入ってきてしまったのだ。

救助隊の人たちは俺と早坂《はやさか》さんを持ってきた毛布で別々にくるみ、担架に乗せた。

濡《ぬ》れた服を脱ぎ、助かるために互いの体温で温めあっただけとはいえない。

なぜなら、俺の肌には早坂《はやさか》さんがつけた噛《か》み跡《あと》と、キスマークがいくつもあったからだ。

遠野《とおの》は山小屋に入ってすぐは、俺がみつかって喜んでいた。「よかったです！」といいながら涙ぐみ、ほっとした表情をしていた。でも状況がわかって、遠野《とおの》の顔から表情は消えた。

俺が担架で運ばれていくときは、呆然《ぼうぜん》としながら、虚《うつ》ろな瞳でそれをみていた。

福田《ふくだ》くんは笑顔のようなものをつくろうとして、失敗して、形容しがたい表情のまま立ち尽くしていた。

俺は――。

なにもいえなかった。

第22話　覚悟なら、ないこともない

「う、うぅ……」

浜波《はまなみ》が目元を押さえて、洟《はな》をすっている。

「どうした、そんなにメソメソして。らしくないじゃないか」

「うぅ……うぅ……」

「せっかく東京にきたんだ。顔をあげたらどうだ。懐《なつ》かしいものだろう。俺と浜波《はまなみ》が一緒に東京にいるなんて、まるで高校のころみたいじゃないか」

そうなのだ。俺たちは新幹線に乗って、東京にきていた。今は新幹線から降りて、在来線に乗り換えようと、駅のホームを歩いている。

久しぶりの帰京であるわけだが、浜波《はまなみ》はずっとメソメソしている。

「うぅ、うぅ」

駅の構内を、下駄《げた》を鳴らして歩く。俺は京都の大学生として、東京にいた。そこが、あのころとちがっていた。

「うぅ〜、うぅ〜」

俺たちはそうやって変わっていくのだろう。時の経過とともに、新しいものを身にまとい、過去にいた地点から離れていく。同じ場所にいても、自分自身は変わっている。いや、その場所すら変わっているのだ。

駅構内の様子も、俺が京都にいた数年で様変わりしていた。店が増え、きれいになっている。

「う、う、う」

「浜波《はまなみ》、いつまで泣いてるんだ。そんなに、うぅ、うぅ、いってるとまるであの小さくてかわいい――」

「うるせ～!!」

浜波《はまなみ》が絶叫する。

「誰のせいで泣いていると思ってるんですか!!」

「きっと、俺のせいなんだろうな」

きっとじゃない、絶対！　と浜波《はまなみ》は声を荒らげる。

「私は！　山でこわいを思いをしたんです！」

山小屋に救助隊が入ってきたとき、浜波《はまなみ》もその場にいた。遠野《とおの》と福田《ふくだ》くんの顔をみて、おろおろとうろたえていた。

「ヤりましたよね？　早坂《はやさか》先輩とヤりまくりましたよね？」

「表現が火の玉ストレートすぎない？」

「元カノとヤりまくった事後を今カノにみられ、さらにその元カノに惚《ほ》れている親友にもその現場をみせつけたわけですよね？」

「それは、まあ――申し訳ない」

詳細や俺たちの心のうちは全然ちがうわけだが、結果はそれと同じといえた。外形的には浜《はま》波《なみ》がいったとおりにしかみえないからだ。

「うう、うぅ〜」

浜波《はまなみ》がまた、ちいさくてかわいい生き物みたいに泣きはじめる。

「どうしてこんなことに……私はどこでミスを……」

「まあ、そんなに気落ちするなよ。こうしてみんなで東京にこれてるんだから」

「まあ、そうですね」

俺と浜波《はまなみ》の前を、いつもの面々が歩いている。遠野《とおの》と宮前《みやまえ》、早坂《はやさか》さんと橘《たちばな》さん、大道寺《だいどうじ》さんと福田《ふくだ》くんだ。

遠野《とおの》の大事な試合の東京遠征に、みんなでついてきたのだ。

「あらあら、宮前《みやまえ》さんは東京が初めてだったんですね。あんなにはしゃいじゃって。遠野《とおの》さんは相変わらず駅なかのグルメばっかりに目をやって。福田《ふくだ》さんは人の多さに目をまわして大道《だいどう》寺《じ》さんに助けられて、早坂《はやさか》先輩と橘《たちばな》先輩はさすがにシティガールで歩きなれたふうで、みんな仲良く楽しそうで――」

そこまでいったところで、浜波《はまなみ》が、すん、とした顔になる。

そして、うんしょ、うんしょといつもの準備運動をしてから叫ぶ。

「狂気！」

浜波《はまなみ》はつづける。

「なんで仲良しな顔してるんですか？　山であんなことがあったのに、桐島《きりしま》先輩が自分の彼女の前で、親友の好きな女の子をヤりまくったという、刃物が飛びかってもおかしくないこの状況のなかで！　どうしてみんな和気あいあいとしてられるんですか？」

頭バクハツしそう！　と絶叫する浜波《はまなみ》。

「遠野《とおの》さんは桐島《きりしま》さんとまだ付きあってるんですか？　福田《ふくだ》さんは桐島《きりしま》さんをまだ友だちと思えてるんですか？」

「それはな――」


山で救助されたとき、遠野《とおの》は表情という表情を失っていた。でも、俺が寝ている病室にやってきたとき、遠野《とおの》はにこやかに笑っていた。

「桐島《きりしま》さんが助かってよかったです」

俺が戸惑っていると、遠野《とおの》はその穏やかな表情のままつづけた。

「ああ、早坂《はやさか》さんと抱きあってたことを気にしてるんですか。いいんですいいんです、濡《ぬ》れた服を着ていられませんからね。助かるためにしたことです。気にするわけないんです。私は桐《きり》島《しま》さんの彼女ですからね。立場がちがいます。早坂《はやさか》さんなんか、どうでもいいんです。桐島《きりしま》さんは仕方なく、あの体を抱いたんですよね。助かるために、本当はイヤなのに、あのなにひとつ鍛えられていない、だらしない、いやらしいだけの体を抱いたんですよね」

俺はうなずくしかできなかった。そして俺がうなずくと、遠野《とおの》は嬉《うれ》しそうにするのだった。

病院には一日だけ入院して、翌日には退院した。体温が下がっていたが、すぐに元に戻り、特に問題はなかった。

そして、またはじまった京都の日々のなかで、俺と早坂《はやさか》さんの出来事はなかったことのように扱われた。誰も、そのことについてふれようとしない。

遠野《とおの》があえてなにもいわないのであれば、誰もなにもいえなかった。

福田《ふくだ》くんも、「……桐島《きりしま》くんも早坂《はやさか》さんも助かってよかったよ」と、不器用に笑いながら退院してきた俺にいったのみだった。

表面上なにも問題は起きなかった。

早坂《はやさか》さんはひとり海辺の街で暮らしていて、京都から離れているからだ。

俺たちは遭難という極限状況で、互いに言葉にしないようにしていた気持ちを伝えあってしまった。でもその気持ちで誰かを傷つけたくないという考えは変わっていないし、今ある人間関係を壊したいとも思っていないことで一致していた。

だから俺と早坂《はやさか》さんは連絡をとったり、会ったりもしていなかった。

山での一件が遠野《とおの》や福田《ふくだ》くんとの関係において、なんらかの亀裂を生じさせたことはまちがいない。でも、そうやって俺と早坂《はやさか》さんさえ距離を保ち、今の人間関係を崩さないというスタンスを保っていれば、だんだんその亀裂は埋まっていくはずだった。

しかし――。

ある夜のことだ。

遠野《とおの》の部屋でふたり一緒にいたところ、東京遠征の話題になった。みんなで応援にきてくれるって約束でしたよね、という流れになり、ああ、と俺がうなずいたところで、遠野《とおの》がおもむろに操作して電話をかけた。

通話の相手は早坂《はやさか》さんだった。

「遠野《とおの》……さん？」

電話越しにきこえてくる早坂《はやさか》さんの声は戸惑っているようだった。

遠野《とおの》は挨拶もそこそこに、東京遠征のことを告げた。

「もちろん早坂《はやさか》さんもきてくれますよね？」

「え……？」

「だって、私たち友だちじゃないですか。そういう約束だったじゃないですか」

コタツ鍋で東京遠征の話がでた。あのあと、俺だけでなくみんなで遠征の応援にいこうという話になったのだ。

それに、と遠野《とおの》は明るい声でつづける。

「福田《ふくだ》さんもきますよ？　早坂《はやさか》さん、以前いいましたよね？　福田《ふくだ》さんの気持ち、真剣に考えるって」

「……うん」

「じゃあ、当然きますよね？　福田《ふくだ》さん、早坂《はやさか》さんが高校時代に過ごされた街をみたいっていってました。一緒にいくのが誠意なんじゃないですか？」

「……そうだね。わかった、いくよ」

ということになり、遠野《とおの》の遠征にみんなでついていくことが決まり、こうして東京駅の構内を歩いているのだった。

その経緯を説明すると、浜波《はまなみ》はシンプルにいった。

「こわい！」

そうか？　と俺はきく。

「遠野《とおの》と早坂《はやさか》さんも、仲良さそうじゃないか」

前を歩く遠野《とおの》はにこやかに早坂《はやさか》さんに話しかけている。一時期、遠野《とおの》は早坂《はやさか》さんに話しかけず、彼氏である俺をとる心配がないようにみえる橘《たちばな》さんとだけ仲良くするようになっていた。

今回の旅行では一転して、新幹線でも早坂《はやさか》さんのとなりに座って一緒にお菓子を食べていた。

しかし――。

「そんなわけないだろ〜‼」

浜波《はまなみ》がいう。

「今きかせてもらった話から、もう、遠野《とおの》さんの闇がみえちゃってるんですよ！　あんなに健全だった遠野《とおの》さんから！」

そのとおりだった。俺もそれはわかっている。

「普通はもう早坂《はやさか》さんと会いたくない、桐島《きりしま》さんも会わないで、って話になるんですよ。なのに一緒に旅行にいきましょうって……パーフェクトに恐怖！」

早坂《はやさか》さんはまちがいなく山の一件があって、そのことを負い目に感じ、京都の人間関係からフェードアウトすることを考えていたはずだ。でも、遠野《とおの》がそれをつなぎとめた。

「絶対なにか仕掛ける気じゃないですか！」

叫んだあとで、浜波《はまなみ》は申し訳なさそうな顔をする。

「なんとなく私の八卦《はっけ》の陣にも責任がある気はしているんです」

「そんなことないだろ」

「いえ、きっとそうです。私にはわかるんです。だから、ここは軍師として最後のひと働きをします」

そういって、浜波《はまなみ》は顔をあげる。

「おそらく遠野《とおの》さんは、東京で早坂《はやさか》さんと桐島《きりしま》さんの思い出の場所にいきたがるはずです。そこで思い出の上書きをして、さらに早坂《はやさか》さんの前で自分が彼女なのだと示すはずです」

「そうだろうな」

いいですか、と浜波《はまなみ》はいう。

「桐島《きりしま》さんと早坂《はやさか》先輩は、絶対にそれを受けきってください。遠野《とおの》さんを満足させるんです。少なくとも遠野《とおの》さんにはそれをするだけの資格、正当性がありますし、それで遠野《とおの》さんのみせた闇が元に戻るならそれでいいではありませんか」

「わかった。今回もちゃんとラジコンする」

「桐島《きりしま》さん、もう一度だけ確認しますが、ソフトランディングするんですよね？　誰も傷つけず、ちゃんと京都の人間関係を守るんですよね？」

浜波《はまなみ》にいわれて、俺はこの旅行にくる前日、大道寺《だいどうじ》さんに釣りに誘われたことを思いだす。

一緒に釣りをしながら、大道寺《だいどうじ》さんはいった。

「俺はお前たちより長く生きている。日々を過ごすうちに信念だと思っていたものが勘ちがいだと気づき、夢と思っていたものが幻想だとわかり、誓いあった固い友情がひどく幼い約束だったと振り返ることもある」

しかし、と大道寺《だいどうじ》さんはつづけた。

「俺はお前たちと十年後に種子島《たねがしま》にいけたらいいな、と思っている。それは本心だ」

それをいってからは、ただ黙って静かに釣り糸を垂らしていた。

大道寺《だいどうじ》さんは俺たちのあいだでなにかが起きていると勘づいているようだった。

十年後の種子島《たねがしま》の約束。

夜のグラウンド、大道寺《だいどうじ》さんが飛ばしたロケットの小さな赤い光を空にみながら、みんなでいこうと約束した。

ちゃんと京都の人間関係を守るんですよね。

浜波《はまなみ》の問いに、俺は深くうなずいてこたえる。

「もちろんだ」

◇

遠野《とおの》応援旅行の日程は一泊二日だった。遠野《とおの》と一緒にいられるのは初日の事前練習に合流するまでと、その夜、そして翌日に帰るときだけだった。

東京に着いてすぐ、俺たちは昼ご飯を食べようということになった。

「桐島《きりしま》さんがよく通ったというハンバーガーショップにいきましょう！」

遠野《とおの》はいった。そこは俺と早坂《はやさか》さんが高校のときに学校帰りによくいった、バンズもパテも大きなサイズの、本格的なハンバーガーをだす店だった。コタツ鍋のときに、早坂《はやさか》さんが自分でおすすめの店としてあげた場所だ。

そしてここから、遠野《とおの》の勝負勘が冴《さ》えわたる。

店に入ってすぐ、遠野《とおの》がついた席は早坂《はやさか》さんがよく座っていた椅子だった。

「えへへ、桐島《きりしま》さんの思い出のなかにオジャマしちゃいました」

遠野《とおの》がメニューから選んだハンバーガーも、高校のころの早坂《はやさか》さんのお気に入り。

「でも私は彼女ですから、これから桐島《きりしま》さんと長く付きあっていきます。互いの実家を行き来することも多くなるでしょうし、東京も私と桐島《きりしま》さんの場所になっていくんですね」

そこで遠野《とおの》は早坂《はやさか》さんのほうを向いた。

「早坂《はやさか》さんもこちらにいらしたことあるんですか？」

「えっと——」

早坂《はやさか》さんは虚空《こくう》をぼうっとみつめていたが、遠野《とおの》の言葉で我に返り、こたえた。

「………この店、けっこう有名だから」

「そうですか。では、そこに私がきてしまったわけですね」

「……別に、私の店ってわけじゃないから」

早坂《はやさか》さんはそういってお上品に大きすぎるハンバーガーをナイフとフォークを使って食べた。

橘《たちばな》さんはクールな顔で高校のときと同じく、紙にはさんでハンバーガーを手でぺったんこに潰して本場スタイルで食べた。

宮前《みやまえ》は、佐世保《させぼ》バーガーで慣れてるもんね〜、と得意げな顔で食べた。

浜波《はまなみ》は怯《おび》えていた。

食後、お茶をしようとなった。あとで俺の通った高校をみにいきたいと遠野《とおの》がいうので、その近くのカフェにいこうとなった。遠野《とおの》が選んだのは、早坂《はやさか》さんお気に入りのあの紅茶のおいしい店だった。

「桐島《きりしま》さんはこの店にきたことあるんですよね」

「まあな」

「制服姿の桐島《きりしま》さんがここにいたと思うと、なんだか感慨深いですね」

席につき、紅茶が運ばれてきたあと、遠野《とおの》は店内をみまわす。

おしゃれなアンティーク調の家具の数々。

「男子高校生がひとりでくる店、って感じじゃないですね」

「それは――」

「いいんです、いいんです」

遠野《とおの》は手を振っていう。

「ここも私と桐島《きりしま》さんの場所になっていくんですから」

カフェでひと息ついたあとは、予定どおり俺の通った高校にいった。卒業生とはいえ簡単になかに入れてもらえるものでもないので、校門の前で遠野《とおの》とならんで写真を撮った。

そして高校からの帰り道、コンビニに立ち寄って買い食いをした。

「なんだか、桐島《きりしま》さんと一緒に下校してるみたいです」

遠野《とおの》が手に持っているのは肉まんだった。冬の早坂《はやさか》さんの定番ラインナップ。早坂《はやさか》さんは遠慮したのか、コーヒーを買っただけだった。

「少しだけ桐島《きりしま》さんのルーツを知れてよかったです。これからもっともっと教えてください！」

駅に着いたところで、遠野《とおの》はそういった。そしてそこでいったん解散となった。遠野《とおの》は事前の全体練習にいくし、試合の時間までは、各々《おのおの》が自由行動ということになった。

みんな東京でいきたい場所があるらしく、それぞれ散っていった。

「なんとかなったな」

駅のホーム、つかれきった顔の浜波《はまなみ》に俺はいう。

「そうですね。表面上はなんとかなってますね。でも――」

そこで、くわっ、と浜波《はまなみ》は顔をあげる。

「私、きいちゃったんです」

遠野《とおの》が恋人として俺と腕を組んだりしながら、高校のときの思い出の地巡礼をしていたとき、早坂《はやさか》さんはずっとニュートラルな表情をしていた。

でも、浜波《はまなみ》は早坂《はやさか》さんが口元でぼそっとつぶやいた言葉をきいたという。

『なんか、高校のときの気持ち、戻ってきそう……』

虚空《こくう》をみつめながら、そういっていたのだそうだ。

「これは………危険な予感がします！」

浜波《はまなみ》がいう。でも――。

「いや、大丈夫だと俺は信じている」

場所によって引き起こされる感情というのはあるはずだ。でもそれはある種のノスタルジーでしかなくて、本物のありし日に戻ることはできない。

「早坂《はやさか》さんは結局のところ、遠野《とおの》と張りあったりしなかったし、机の下で俺を蹴ったりもしなかった」

ただ、寂しそうな顔をしていただけだ。

俺たちはちゃんとやるべきことをわかっていて、連絡もとらなくなったし、この旅行でも以前のような親しさはみせていない。まちがいなく、平穏な未来にいこうとする意志があった。

そして、遠野《とおの》や早坂《はやさか》さんの他にも、俺には気にかけなければいけない人物がいた。

「桐島《きりしま》くん、ちょっといいかい？」

浜波《はまなみ》と話しこんでいたところ、その彼が俺に声をかけてくる。

「ふたりきりで話したいことがあるんだ」

やわらかい表情だけれど、どこか思いつめたような雰囲気がある。

そう、福田《ふくだ》くんだ。

◇

京都で散歩をするときはいつも哲学《てつがく》の道《みち》へとゆく。古都の、四季折々の風情《ふぜい》を感じられる。

東京でそういった場所はないかと福田《ふくだ》くんにきかれ、俺は上野公園《うえのこうえん》がいいだろう、とこたえた。動物園もあれば、美術館や博物館、グラウンドに池もある。春には桜が咲く。

ただ、直接上野公園《うえのこうえん》にはいかず、まずはメトロに乗って本郷《ほんごう》へと向かった。

福田《ふくだ》くんは東京にくるのが初めてだから、かの高名な最高学府をみておくのもいいと思ったのだ。メトロの出口からでて、大学の正門前で記念写真を撮る。それから、落ち着いた雰囲気の並木道を上野《うえの》に向かって歩きだす。

「大道寺《だいどうじ》さんはどこにいったのだろうか」

俺がきくと、宇宙の展示にいくといっていた、と福田《ふくだ》くんがこたえる。

「宇宙カレーをいっぱい買うってさ」

「ああ、あの宇宙飛行士のためのカレーか」

俺たちは大学の塀沿いを歩く。福田《ふくだ》くんはうつむきがちだったが、時折、建物に目をやっていた。

「文学作品で登場する帝国大学といえば、この大学なんだね」

「ああ」

本郷通《ほんごうどお》りから龍岡町《たつおかちょう》のほうへとゆくと、不忍池《しのばずのいけ》がみえてくる。人々が楽しそうにボートを漕《こ》いでいた。風が水面《みなも》をゆらしている。

不忍池《しのばずのいけ》をぐるりとまわりながら、上野《うえの》公園《こうえん》へと向かう。

俺たちは黙々と歩いていたわけだが、上野《うえの》公園《こうえん》がみえてきたところで、福田《ふくだ》くんがいう。

「早坂《はやさか》さんのことなんだ」

そうだろう、と思った。俺が言葉のつづきを待っていると、少し間を置いてから福田《ふくだ》くんはいった。

「僕のこの恋は、叶《かな》うだろうか」

俺はやはり少し間を置いてから、「わからない」とこたえた。本当に、わからなかった。

しかし――。

「山から帰ってから、僕は何度か早坂《はやさか》さんに会っている」

「え？」

初耳だった。

「僕が海辺の街に訪ねていったんだ。桐島《きりしま》くんたちにはいわなかった。自分ひとりでやるべきだと思ったから」

最初は駅に着いてから、連絡したらしい。早坂《はやさか》さんは驚きながらも、車で迎えにきてくれたそうだ。

「一緒に浜辺にいって、話をした。早坂《はやさか》さんのことが好きでいてもたってもいられなかったことを伝えた。毎晩、あなたのことを考えている、と」

福田《ふくだ》くんは海辺の街に通うようになった。大学が終わったあと、数時間かけて。

早坂《はやさか》さんは福田《ふくだ》くんをみるたび、困ったように笑った。でもだんだん打ち解けていって、浜辺を一緒に歩くようになったらしい。

そして一度、浜辺で早坂《はやさか》さんを抱きしめたのだという。

「とても強く抱きしめて、お願いだから恋人になってほしいと伝えた。僕の気持ちは一緒に歩くだけでは、もうおさまらなかったんだ。早坂《はやさか》さんを誰にも渡したくないと思った」

早坂《はやさか》さんは抵抗しなかった。しかし、その手を福田《ふくだ》くんの背中にまわすこともなかったのだという。そして、いったらしい。

まだ、自分の気持ちがわからない。どうしていいか、本当にわからない、と。

そして福田《ふくだ》くんの腕のなかから抜けだした。

「迷っている女の子を一方的に抱きしめてしまったんだ。よくないことだと思う。でも、早坂《はやさか》さんをこの手で感じて、僕はその感触を、しばらく忘れることができなかった」

御しがたいことに、と福田《ふくだ》くんはいう。

「桐島《きりしま》くんのいう単純接触効果というのは本当だと思う。僕は早坂《はやさか》さんと会えば会うほど、彼女のことを好きになっていった。声も、仕草も、その全てが愛おしいんだ」

早坂《はやさか》さんも、抱擁こそ返さなかったが、何度も会ううちに福田《ふくだ》くんへのよそよそしさはなくなっていったらしい。態度もやわらかくなり、よく笑い、東京での生活とか、今まで語らなかったことも話してくれるようになったという。

「早坂《はやさか》さんも、単純接触効果っていうんだよ、と笑っていた。なぜ、桐島《きりしま》くんと同じようにその心理効果の名前を知っていたのか、僕にはわからない。有名な心理効果なのかもしれないし、偶然なのかもしれない」

いずれにせよ、と福田《ふくだ》くんはいう。

「僕たちはそれなりに仲良くなれたと思う。そして、その夜がきたんだ」

その日、早坂《はやさか》さんは大学のクラスの飲み会で遅くなった。それでも福田《ふくだ》くんは、やはり約束もせずに会いにいった。

寒い浜辺でずっと待っていた福田《ふくだ》くんは、体の芯まで冷えていた。

「なぜそんなことをしたのかわからない。でも、きっと、そうするしかなかったんだと思う」

電車もない時間だった。

寒さに震える福田《ふくだ》くんをみて、早坂《はやさか》さんは少し困ったような顔をしたのち、電車が動きだすまで私の部屋にいる？　ときいたのだという。

「もちろん、僕はうなずいた。そこからはひどく現実感がなかった。僕が早坂《はやさか》さんの部屋にいるんだ。早坂《はやさか》さんが準備してくれたお風呂《ふろ》に入って体を温めた」

早坂《はやさか》さんがお風呂《ふろ》に入っているあいだ、福田《ふくだ》くんは小説を読みながら待っていたという。

「正直、文章なんて頭に入ってこなかった。でも部屋のなかをみまわそうともしなかった。なんだか、わるい気がしたんだ。シャワーの音がきこえて、ひどく混乱した」

早坂《はやさか》さんは、少し濡《ぬ》れた髪で、パジャマ姿で部屋に戻ってきたという。

「僕はどうしても早坂《はやさか》さんから目を離せなかった。お酒とお風呂《ふろ》でほんのりと紅《あか》くなったやわらかそうな肌と……」

パジャマ越しに、下着のラインが浮いていたらしい。

「みるのは失礼だと思ったけど、どうしても視線がいってしまうんだ……軽蔑するかい？」

「いや、そういう、ものだろう」

それで僕は、と福田《ふくだ》くんはいった。

「早坂《はやさか》さんをベッドに押し倒した。そしてその晩、彼女とずっと一緒にいた」

上野《うえの》公園《こうえん》の階段を上る。

俺たちは歩きつづけた。公園は家族連れや恋人たちでにぎわっていた。動物園に博物館、美術館にグラウンドだってある。なかには絵を描いている人や、大道芸をしている人もいた。

「とても文化的なところだ」

福田《ふくだ》くんがいって、俺はああ、とうなずく。

「すぐ近くには橘《たちばな》さんの通う芸大もある」

「桐島《きりしま》くんは、京都の百万遍《ひゃくまんべん》よりも、東京の上野《うえの》を歩いているほうが馴染《なじ》んでいるようにみえる。生まれ育った場所だからかな」

「どうだろうか」

木漏れ日の公園内は本当にのどかだった。俺はゆきかう人々の人生をひとつひとつ想像しようとする。どういう生活をしていて、なぜ今日、ここにきたのか。

「早坂《はやさか》さんの部屋に泊まった夜、なにが起きたかきかなくていいのかい？」

福田《ふくだ》くんがいう。

俺は福田《ふくだ》くんをみる。福田《ふくだ》くんはフラットな表情のまま、前をみている。俺はまた少し歩いたあとで、話のつづきをきかせてくれ、といった。

福田《ふくだ》くんは少し間を置いてからいった。

「なにもなかったよ」

ベッドに押し倒され、早坂《はやさか》さんは驚いたような顔をしたあとで、すぐ顔をそらした。

そして一度は福田《ふくだ》くんを受け入れようとしたのか両手を伸ばそうとして、でもその手で自分の顔を覆って勘ちがいさせてごめん、と謝ったのだという。

「僕は本当に早坂《はやさか》さんのことが好きで、彼女を抱きしめてキスしたかった。もちろん、その先もだ。でも、彼女はまだ高校のときに好きだった人のことが忘れられないでいた」

それからひと晩、福田《ふくだ》くんは早坂《はやさか》さんにふれることなく、ただ語りあった。早坂《はやさか》さんは好きだった人の名前はださなかったが、正直にその心の内を打ち明けてくれたという。

「早坂《はやさか》さんは好きな人のことを忘れなければいけない、といって力なく笑っていた。その好きな人には彼女がいて、自分がいつまでも想《おも》っていてはいけないのだ、と。そして僕に、そうだよね？　ときいた」

ちゃんと彼女がいて、幸せに暮らしてる人を好きになっちゃいけないよね、ときいたらしい。

「僕は、はっきりと早坂《はやさか》さんにいった」

強い意志を持ってこたえたと、福田《ふくだ》くんはいう。

「彼女のいる人を、とるような真似《まね》をしてはいけない。そんなひどいことを、自分のためにもするべきじゃない」

その言葉は早坂《はやさか》さんに刺さったようで、そうだよね、そうだよね、と早坂《はやさか》さんは繰り返したらしい。

「僕の言葉は正義からきたものじゃない。ただ、早坂《はやさか》さんのことが好きで、自分のほうを向かせるためのものだ」

「福田《ふくだ》くんはそれを、自覚したうえで、確信的な偏見を持っていった」

「そのとおり」

福田《ふくだ》くんの目からみて、早坂《はやさか》さんはちゃんと頭ではわかっていて、それができなくて苦しんでいるようにみえるという。

「過去の人物が、今の早坂《はやさか》さんを傷つけつづけているんだ」

「……………そうかもしれない」

「だから僕は早坂《はやさか》さんがその人を忘れられるようにしようと思う。早坂《はやさか》さんにも、そう伝えた。僕が忘れさせる、と」

ねえ桐島《きりしま》くん、と、ずっと前を向いていた福田《ふくだ》くんが俺をみていう。

「僕は本当にそれをやろうと思うんだ。早坂《はやさか》さんはもう、忘れたがっている。迷っている。だから、とても強く押せば、できる気がしている。桐島《きりしま》くんはどう思う？　できると思う？　するべきだと思う？」

「それは――、福田《ふくだ》くんのやろうとしていることは――」

俺はどうこたえていいかわからなかった。だから、きいた。

「机の上に置かれていた試験要項のことか？」

すると福田《ふくだ》くんは、ああ、とうなずいた。

先日、福田《ふくだ》くんの部屋に出入りしたとき、勉強机に三回生から他大学に編入するための試験に関する資料が置かれているのが目に入った。編入先の大学は、早坂《はやさか》さんが通う大学だった。

福田《ふくだ》くんは早坂《はやさか》さんと同じ大学にいこうとしている。

俺たちの大学に比べると、早坂《はやさか》さんの大学は研究費や学習環境において少し不利なところがある。

福田《ふくだ》くんが俺たちの通う大学に入学したのは、農家をしている両親が少しでも楽になるように、農業に関する研究がしたいという理想があったからだ。その点を考えるなら、今の大学に残ったほうが賢明だ。

でもそれを言葉にするのはひどく無粋なことに思えた。だから、俺はひとことだけいった。

「いいのか」

「そうだね……」

福田《ふくだ》くんの目には一瞬、迷いの色が浮かんだようにみえた。でもすぐに、強い意志の宿った顔つきでいった。

「たしかに難しいことかもしれない。多くのことを捨てることになるかもしれない。自分の愚かさを受け入れたり、強引なことをするのは、僕にとってはひどくつらいものだろう」

でも——。

「覚悟なら、ないこともない」

俺たちは国立西洋美術館まで来たところで別れた。福田《ふくだ》くんはひとりで考え事をするといった。

でもそれは考えるというより、覚悟を強固なものにしていく作業なのだろう。福田《ふくだ》くんは早坂《はやさか》さんを手に入れるため、今まで自分で築いた人格や、学業を捨ててもいいとさえ思っている。

早坂《はやさか》さんは過去の恋を振り切るべきと考えていて、押しに弱い。そこを強引にいく、と別《わか》れ際《ぎわ》、福田《ふくだ》くんは自分にいいきかせるように語っていた。

結局、俺は福田《ふくだ》くんがそうすることに対して、最後までなにもいえなかった。

普通に考えれば、今の大学にとどまったほうがいい。

早坂《はやさか》さんが振りむいてくれる保証なんてないのだ。

でも――。

『早坂《はやさか》さんは難しいだろう。高校のときの恋人である俺がいうんだからまちがいない。それよりも今までの自分の足跡を大切にしたほうがいい』

なんていえるはずがなかった。

俺は応援することも、止めることもできず、福田《ふくだ》くんと別れたあともただ歩くことしかできなかった。

さらに愚かしいことに、海辺の街、早坂《はやさか》さんがあのアパートの一室で福田《ふくだ》くんと愛しあうところを想像してしまうのだ。

福田《ふくだ》くんは自分の強い想《おも》いを、早坂《はやさか》さんのくちびるに、あのやわらかい体に感情のままにぶつける。早坂《はやさか》さんは俺を忘れようとして、福田《ふくだ》くんに抱かれ、今まで俺にしかみせなかったあの顔をみせる。

その未来を実現させない方法を俺は知っている。

今すぐに、俺が全てを捨てて早坂《はやさか》さんを選べばいいのだ。

そして、遠野《とおの》がいるにもかかわらずそんなことを考えてしまう俺は、とてつもないバカだった。でも、福田《ふくだ》くんが人知れず海辺の街にゆき、早坂《はやさか》さんとひと晩過ごしたりしていたというその事実に、まちがいなく俺はゆさぶられていた。

俺は一体どうすればいいのだろう。

福田《ふくだ》くんになんていえばいいのだろう。

ぐるぐると考えているうちに試合の時間が近づいて、総合体育館に向かった。

みんなで応援したが、声援がなんだか遠いものに感じられた。

遠野《とおの》は当たり前のように試合に勝ち、夜はいつもの面々で、居酒屋で祝勝会となった。

普段、遠野《とおの》は部活の飲み会があれば、彼氏よりそちらを優先する。俺もそれでいいと思っている。

理由はひとつしかない。でも今回は、そちらにいかず、俺たちのほうにきた。

遠野《とおの》は、俺と早坂《はやさか》さんが一緒にいるのが心配でたまらないのだ。居酒屋の席でも、しっかりと俺のとなりをキープしている。

たしかに、状況はよくなかった。

でもここで必要なのはナイーブになることでも、過去と現在、友情と恋、その狭間《はざま》で悩むような定型的なセンチメンタリズムではなかった。

やることは変わっていない。

俺と遠野《とおの》の関係さえ安定すれば、京都の平和は守られるのだ。早坂《はやさか》さんとも、その暗黙の合意はとれている。福田《ふくだ》くんだって傷つかない。

じゃあ、この場面で必要なのはなにか。

悩むことでも考えることでもない。

よく悩み、よく考えるというのは一見していいことにみえるが、それは優柔不断につながるものであり、それによって目的が実現するかといわれたら意外とそうでもない。

では今、本当に必要なことは――。

「酒だ」

俺がいうと、正面の席でたこわさをつついていた浜波《はまなみ》が首をかしげる。

「お酒がどうかしました？」

「ああ。大量に必要になる」

そういって、俺は酒をあおった。そう、酒の力を借りるのだ。ビールをごくごく飲む。

「おい～!!」

浜波《はまなみ》が急いでツッコミをいれてくる。

「桐島《きりしま》、この場面でなにやってんだ～!!」

「理性をトばすんだよ！」

「今一番必要なもんだろ～!!」

ちがう。俺たちに必要なのは勢いだ。理性なんていらない。目的に向かって突っ走る力だ。

酒の力を使って、俺はその勢いで浜波八卦《はまなみはっけ》の陣を完成させてみせる。

俺はとにかく酒を飲む。

九州料理の居酒屋にいるのだが、宮前《みやまえ》がそんな俺をみて九州女の本領を発揮する。

「もっと飲めばよかよか」

そういいながら、焼酎のお湯割りをつくりはじめたのだ。

「うちがいっぱいつくっちゃるばい」

普段お酒を飲まない人間がごくごく飲みはじめると場が明るくなることがある。それが今だった。俺がお酒を飲みまくるものだから、なんだか明るい雰囲気になり、宮前《みやまえ》がまずその空気にあてられたようだった。

ご機嫌で焼酎のお湯割りをつくり、早坂《はやさか》さんや橘《たちばな》さんの前に置いていく。お湯割りというものの、焼酎の量が多すぎて、ほぼロックといえた。

「爆撃機のようにお酒をバラまくんじゃない〜！」

浜波《はまなみ》が叫ぶ。

「飲ますとろくなことにならないやつらがいっぱいいるんですよ！」

しかし浜波《はまなみ》の叫びもむなしく、早坂《はやさか》さんも橘《たちばな》さんも、ぐびっ、と焼酎を飲みほしてしまう。

目が据わるふたり。

「あ〜ん、こわいよ〜」

泣きだす浜波《はまなみ》。しかし――。

「別に、ちょっと飲みたいだけ」

早坂《はやさか》さんは顔を赤くしながらも、余裕のある感じでいう。

「そういう気分の日ってあるでしょ？」

となりで橘《たちばな》さんも、うんうん、とうなずく。そしてニコニコ宮前《みやまえ》が自動でつくりつづける焼酎を飲みつづける。お湯割り水割りソーダ割り。そしていい感じに酔って、大道寺《だいどうじ》さんが研究室を燃やしかけた鉄板の笑い話に、声を立てて笑う。

そして楽しい空気はさらに広がっていく。

「うん、いいね。こういうのがいいよ。僕も飲むよ」

宮前《みやまえ》のつくる焼酎を福田《ふくだ》くんも飲む。

そうだ、誰もが楽しく仲良くやりたいのだ。たしかに問題はある。でも、そんなもん酔っぱらってアホになってしまえば全て大丈夫なのだ。

俺は酒の勢いを借りる。誰も止めてくれるな。

「そういうことでいいんですね？　信じますよ？　桐島《きりしま》さんを信じますからね！」

ついに浜波《はまなみ》も焼酎をぐびっとあおる。

俺たちはそれぞれの悩みや想《おも》いを酒にとかして流しこんでいく。一杯が二杯になり、二杯が三杯になり、どんどんみんなアホになっていく。

「やはり醤油《しょうゆ》はうすくちだな」

大道寺《だいどうじ》さんが刺身をつまみながらいうと、「そんなわけなか～！」と宮前《みやまえ》が瞬間湯沸かし器のようにあったまる。

「甘口醤油《しょうゆ》に決まっとるばい～！」

こうして第一次醤油《しょうゆ》論争が巻き起こり、両陣営に分かれて、てんやわんやの騒ぎとなり、串やおちょこが宙を舞う大乱闘になってみんな笑う。

そして気づけば遠野《とおの》が俺にしなだれかかっていた。遠野《とおの》は俺と目があうと、一瞬、我に返ったのか恥ずかしそうな顔をする。

この場の空気も、俺自身も、お酒の力で完全にできあがっている。だから――。

俺はそんな遠野《とおの》の肩を抱きよせた。

「桐島《きりしま》さん⁉」

普段なら人前で絶対そんなことはしない。でも俺は遠野《とおの》を彼女として安心させなければいけないのだ。遠野《とおの》のバランスを取り戻さなければいけない。

だから、酒のテンションで、早坂《はやさか》さんの前でこれをやるのだ。

酒の力で、その勢いで、遠野《とおの》を安心させるようなことを完全にやりきる。

それが俺の策だった。つまり酔拳ということ。

「まったく、ふたりにはかなわんばい」

ほろよいの宮前《みやまえ》がお手上げのポーズをする。

「ほんとだよ～」

早坂《はやさか》さんも困ったように笑う。橘《たちばな》さんも、仕方ないね、とばかりに肩をすくめている。

そしてなんとなく周りが、キスしてしまえ～というテンションになる。

キ～ス、キ～ス、キ～ス。

そんなコールがきこえたかもしれないし、きこえてないかもしれない。いずれにせよ俺はアホになっているので、みんなの前でキスをする。さらに好きだ、好きだ、と遠野《とおの》にいう。

大学生の浮かれポンチなテンション。

俺のやっていることはアホなことなのだろう。

でも、あえてアホになることが必要な場面もある。なぜなら、今求められていることは、なにがなんでも遠野《とおの》を安心させるという、そのためのアクションだからだ。

ライツ、カメラ、アクション。

だから俺はアホになる。踊らにゃそんそん。

その甲斐《かい》あってか、遠野《とおの》がいう。

「私、桐島《きりしま》さんの彼女なんですね」

「もちろんだ」

「……高校のときの恋はもういいんですね」

俺は酔いにまかせていう。

「あれは青春の勘ちがいだ」

それからもその場は和気あいあいというか、酔っぱらったものたちのへべれけな宴《うたげ》だった。

俺はしなだれかかってきた遠野《とおの》の頭をなでつづけた。痛いカップルだがそれがなんだ。これで全てが丸くおさまるのだ。

飲み会が終わったあと、俺はひとりコンビニに立ち寄り、水を飲みながら酔いをさました。

みんな、いい感じだった。

早坂《はやさか》さんも橘《たちばな》さんも、そして宮前《みやまえ》も、思うところはあったかもしれない。でも、遠野《とおの》をくっつけている俺をみて、俺のスタンスははっきりと伝わっただろう。そして、わかったうえで、酔いにまかせて笑ってくれていた。

もう、大丈夫なはずだ。

浜波《はまなみ》、八卦《はっけ》の陣は成功しているよ。このまま少しビターなエンドに向けて一直線だ。

そんなことを、月をみながら思った。

コンビニの前で水を飲み干すと、俺はホテルへと向かった。遠野《とおの》はチームメイトとはちがうホテルに自分ひとりの部屋をとっていた。俺と一緒に過ごすためだ。

俺は恋人として、ダメ押しに遠野《とおの》と一緒にいようと思った。

しかし、部屋にいってみると――。


「え？」

俺は思わず声をあげてしまう。

遠野《とおの》だけでなく、早坂《はやさか》さんもいるのだ。ベッドの上で、缶チューハイを片手に、ふたりとも目が据わった状態で、ぐびぐび飲みつづけている。

「え？　どういう状況⁉」

「私が誘ったんです」

遠野《とおの》がこたえる。

「桐島《きりしま》さんもきますから、三人で一緒に飲みなおしましょう、と」

飲みなおしているといえばそうなのだが、遠野《とおの》も早坂《はやさか》さんもぺたんとシーツの上に座り、お酒で顔を赤くしながらも、がるるるる、とにらみあっている。

「なにが起きんの？　酔っ払いの決闘⁉」

俺が戸惑っていると、遠野《とおの》が耳うちしてくる。

「となりの芝生宇宙作戦です。早坂《はやさか》さんの前で、もっとイチャイチャするんです。そうすれば、早坂《はやさか》さんは彼氏が欲しくなって、福田《ふくだ》さんのほうへいくはずです。福田《ふくだ》さんにアシストするんです」

小さな声で話しているつもりだが、酔った遠野《とおの》の声は普通に大きく、早坂《はやさか》さんに丸聞こえだ。

そして、遠野《とおの》が新たなお酒を用意しようと冷蔵庫に向かったところで、今度は早坂《はやさか》さんが笑顔で耳うちしてくる。

「みせてよ、イチャイチャしてるところ。すればいいじゃん。どうせ私たちとのことは『青春の勘ちがい』なんでしょ？」

俺にはわかる。早坂《はやさか》さん、けっこう怒ってる。

「桐島《きりしま》くん、遠野《とおの》さんの恋人なんだよね？　私に未練なんてないんだよね？　じゃあ、それみせてよ。私の心へし折って、めちゃくちゃにしてよ。そしたらもうトラブル起きようないでしょ？　いいよ、私、そうなりたいから」

「よくないと思うよ、そのテンション！」

そういっているうちに、遠野《とおの》が両手に缶チューハイを抱えて戻ってくる。

「桐島《きりしま》さんはこっちです」

ベッドの上で遠野《とおの》と早坂《はやさか》さんがぺたんと座って向かいあい、俺が遠野《とおの》のとなりに座るという構図ができあがる。

こうして、謎の女の戦いがはじまった。

俺はお酒の力を借りて、うまいこと遠野《とおの》のケアをしたつもりだった。でも、どうやら酒が遠《と》野《の》と早坂《はやさか》さんの理性のピンを抜いてしまい、むしろ対立を煽《あお》ってしまったらしい。

酔いがさめて、それもそうか、と思う。

古今東西、酒で失敗した話はきいても、成功した話なんてきいたことがないからだ。

◇

ホテルの部屋での二次会がはじまってすぐ、遠野《とおの》がさっそく早坂《はやさか》さんに仕掛けた。

「もうすぐクリスマスですね」

俺にくっつきながらいう。

「恋人がいるといいですよ。なにせ寂しくありませんから」

瞬間、アルミ缶が潰れる音がする。みれば早坂《はやさか》さんが手に持っている缶が、指の形にへこんでいた。

「ふたりでどこかいくの？」

早坂《はやさか》さんが例の張りついた笑みを浮かべながらきく。

「ケーキを買って、私の部屋でゆっくり過ごしながらプレゼント交換をします」

「ふうん、そうなんだ。私だったらもっとロマンチックなことするけどなあ！」

早坂《はやさか》さんはしっかり打ち返していく。しかし——。

「お金はあまり使えないんです。なぜならお正月に私の実家に一緒にいくからです。家族に桐《きり》島《しま》さんを紹介するんです。将来のことを考えれば、そういうことをしておいたほうがいいですからね」

遠野《とおの》の鋭いカウンター。

一方、早坂《はやさか》さんの対応は——。

「そういえば高校のとき、好きな人に実家にきてもらったことあるな。お母さんもすごく気に入ってくれた」

強烈な思い出シュート。

「向こうの実家にいったこともあったなあ。初めて男の人の部屋に入ったんだよね、初めて。相手も女の子がきたの初めてだったっていってた気がする。お互い、なんでも初めてですごくドキドキしてた」

俺とちがって遠野《とおの》も早坂《はやさか》さんも酔いをさましていないから、まったく理性が働いておらず、攻防が鋭くなってしまっている。酔っぱらい大戦争だ。

「やっぱり十代のころの恋愛って特別だと思う」

早坂《はやさか》さんはお酒をかぱかぱ飲んで、赤い顔で、目を据わらせていう。

「だって、青春だもん。あのときにしかない、一瞬の鋭い感性で、全力で初めて人を好きになって、だからずっと特別なんだよ。相手にとっても、そうだと思う。ていうか相手にとって、恋人の実家にいくのも、女の子を部屋に招くのも、全部私が初めてだから。えへへ」

これに対して遠野《とおの》は――。

「桐島《きりしま》さん、キスしましょう」

「すごいパワープレイきたな」

「早坂《はやさか》さんをうらやましがらせなければいけません。となりの芝生作戦です。これは福田《ふくだ》さんのためなんです。それに、恋人なんだから当然です」

俺は早坂《はやさか》さんをみる。

「うん、みせて。私がうらやましくて心がダメになっちゃうくらいの、わんわん泣きだしちゃうくらいのキスみせてよ」

そんなことを笑顔でいう。ダメだ。これはもう止まらない。

「わかった、でもちょっと待ってくれ」

俺は缶チューハイをいっきにあおる。酒の力にまた頼るわけだが、さっきとは目的がちがう。気絶するためだ。

早坂《はやさか》さんはさっきから、すごいペースでお酒を飲んでいる。飲んで、俺と遠野《とおの》がくっついているところをみながら缶を握りつぶして、また新たな缶をあけるを繰り返している。

ここで一緒に酔いつぶれ、俺と早坂《はやさか》さんが気絶してしまえば争いは起きようがない。

俺はアホみたいにまた酒を飲む。そして遠野《とおの》とキスをする。遠野《とおの》を安心させるという方針は変わっていないのだ。

「桐島《きりしま》さん……」

遠野《とおの》は俺に熱くなった体を押しつけながら、キスをして、さらに舌を入れてくる。コミカルなやつじゃなくて、ふたりきりのときに相手に愛情を伝えるためのキスだ。でも遠野《とおの》は、それを早坂《はやさか》さんにみせようとしている。早坂《はやさか》さんに、伝えようとしている。自分が彼女なのだと、教えようとしている。

「いいよ、もっとみせてよ、もっと」

早坂《はやさか》さんはそんなことをいう。でも——。

「さっきの飲み屋でもそうだったけどさ、あんまり人前でやることじゃないと思うな！」

なんて、牽制《けんせい》もいれる。しかし、「仕方ありません」と遠野《とおの》はとりあわない。

「私たちは恋人で、愛しあってるんですから。好きで好きでたまらないんですから」

そういって、遠野《とおの》は情熱的なキスをつづける。

「まあ、いいけど」

早坂《はやさか》さんがまた缶を握りつぶしながらいう。

「高校のとき、好きな相手とさんざんしたし。初めて同士の特別なキス、いっぱいしたし」

今度は遠野《とおの》の目が据わる。

「初めてですか……じゃあ、そういうこともしたんですか？　最後まで、愛しあう行為をしたんですか？」

少し探りをいれるような、警戒するような質問。これに対し、早坂《はやさか》さんは——。

「……それは……してないけど……」

と、歯切れわるく、口をふくらませ、すねたような顔でこたえる。

すると遠野《とおの》は、「そうですかそうですか」と表情を明るくする。

「私は桐島《きりしま》さんとしてますよ。桐島《きりしま》さんは私を愛してくれているから、ちゃんとしてくれるんです」

「………」

「あれほど愛が伝わる行為はありません。全身で、体の奥深くで相手のことを感じられるんです。これは体験した人にしかわかりませんが、相手のことが好きで好きでたまらなくなっちゃうんです。相手も同じ気持ちになってるはずです。これはホントに、もう一度いいますが、体験した人にしかわかりません」

「………」

「相手のことを本当に愛していれば、必ずします。してないのであれば……相手はそうではなかったのかもしれません。好きなら、絶対するものですから」

「………………」

早坂《はやさか》さんが黙りこむ。前髪が垂れて、その表情はうかがいしれない。これ、大丈夫なのか、と思う。さすがに遠野《とおの》を止めたほうがいいかもしれない。でも、早坂《はやさか》さんはそれ以上、なにかいおうとしなかった。

その代わり――。

「………飲もう」

そういって、顔をあげた。笑顔で。

「はい？」

「どっちが飲めるか、勝負しようよ」

「いいですよ。どちらが強いか、はっきりさせましょう。私は酒ごときで酔ったりしません」

お互いよーいドンで缶をあけ、飲みはじめる。

「やめろ、その戦い方、社会的によくないやつだから！」

しかし酔っぱらったふたりは止まらない。

「遠野《とおの》さんのオタンコナス！」

「早坂《はやさか》さんのアンポンタン！」

それからもふたりは火花を散らしつづけた。

「もう知らんからな～！」

俺もやけくそで飲みつづけた。

まずは最初に早坂《はやさか》さんがふらふらになって、こてんと倒れた。つづいて俺も頭が痛くなって、意識がブラックアウトする。

ちょっとちがう軌道を描いたが、計算どおりだった。

俺と早坂《はやさか》さんが酔いつぶれて終結だ。

俺は遠野《とおの》の彼氏というスタンスを維持したし、早坂《はやさか》さんも全て受けきった。

完璧だった。あとは明日、一試合応援して、京都に帰るだけだ。そしたらもう、争いの火種はない。

これで平和は訪れる、はずだった。でも――。

俺が目覚めたのは真夜中だった。気づけばベッドの上、布団《ふとん》のなかで遠野《とおの》と抱きあっていた。

互いに下着姿で、遠野《とおの》が一生懸命、俺の首すじにキスしている。

「起きられましたか？」

「えっと、どういう状況だろうか」

布団《ふとん》のなかから顔をだしてみれば、消灯したホテルの部屋のなか、ベッドの上に俺と遠野《とおの》がいて、少し離れたソファーベッドで早坂《はやさか》さんがこちらに背を向けて寝ていた。

気絶とともに、就寝の流れになったようだ。

「俺がソファーベッドでよかったのに……」

「いえ、早坂《はやさか》さんがいったんです。私はソファーでいいから、恋人同士でベッドで寝て、と」

「わかった。それはいいとして……これはどうなんだ？」

遠野《とおの》は下着姿のまま、俺の体に熱っぽくキスをつづけている。肌と肌をふれあわせて、完全にそういう感じになっている。

「だって、私たち恋人ですから。そういうことしたくなって当然です。さっきまで、あんなにくっついていましたし」

「しかし――」

俺はもう一度、早坂《はやさか》さんのほうをみる。やはりこちらに背を向けている。

「大丈夫ですよ。あんなにぐっすり眠っていらっしゃるんですから」

遠野《とおの》が酒で火照《ほて》った体をさらに強く押しつけてくる。

「私たちは恋人なんですから、できますよね？　しますよね？」

それとも、と遠野《とおの》は顔を伏せ、表情を隠して、寂しそうな口調でいう。

「私とは、そんなにしたくありませんか……やっぱり桐島《きりしま》さんと早坂《はやさか》さんは――あっ」

遠野《とおの》が嬌声《きょうせい》をあげる。

俺が遠野《とおの》を強く抱きしめたからだ。

「桐島《きりしま》さん……」

遠野《とおの》が甘い声をだす。

そうだ。遠野《とおの》の不安定さが増したのは俺と早坂《はやさか》さんのせいだ。山での一件に端を発する不安をとりのぞくためであれば、やれることをやるべきだ。

俺は遠野《とおの》の背中をなで、キスにこたえる。

「桐島《きりしま》さん、嬉《うれ》しいです……」

遠野《とおの》が体を震わせる。もう完全にできあがっていて、肌は熱く湿っていた。

俺は高校のときの彼女が寝ているすぐそばで、今の彼女と体をまさぐりあう。

遠野《とおの》がそれを求めているのなら、と思う。この行為で、早坂《はやさか》さんに対する対抗心のようなものが消えるのなら、と思う。ただ――。

「遠野《とおの》、その、準備がないんだが」

俺がそういうと、それだけで遠野《とおの》は不安そうな顔をする。

「……別に……いいじゃないですか……私は全然いいです……最後だけ……」

「……わかった、そうしよう」

俺がそういうと、遠野《とおの》は恥じらいよりも期待のほうがまさったような表情をする。

「……直接すると、より相手のことを感じられるときききます。それで私はもっと桐島《きりしま》さんのことを好きになりますし、桐島《きりしま》さんに私のこと、もっと好きになってほしいです」

俺はうなずいて、遠野《とおの》を強く抱きしめる。

「あっ、桐島《きりしま》さんっ――」

遠野《とおの》はもうそれを意識しているのか、くっついて甘えはじめ、声をあげる。

「遠野《とおの》、声――」

「だって――」

俺は早坂《はやさか》さんのほうをみる。やはりこちらに背を向けている。

「桐島《きりしま》さん……私は……もう、きっと……大丈夫です……桐島《きりしま》さんのことが好きだから……今すぐにでも……」

遠野《とおの》が恥ずかしそうにしながらも、体を押しつけてくる。それだけで遠野《とおの》は高まるようで、小さく喘《あえ》ぎ声《ごえ》をあげる。

「そういうことができるように、私が……桐島《きりしま》さんを気持ちよくしますね……」

遠野《とおの》は俺の上に覆いかぶさると、情熱的なキスをしてくる。そのあいだにも遠野《とおの》の胸の先端が俺の肌にふれ、押しつけているうちに、遠野《とおの》は達してしまう。

「んっ、桐島《きりしま》さん――んんっ！」

そして甘い吐息を吐きながら、俺の全身にキスをする。耳、首筋、胸、腹――。

普段であれば、それから、そういう行為をするところだ。しかし――。

なぜか、今夜はまだ俺の体が反応していなかった。

「………」

遠野《とおの》が一瞬、動きを止める。

「遠野《とおの》、これは、その――」

俺はなにかいおうとする。でも遠野《とおの》がそれをさえぎる。

「……お酒ですね……お酒を飲みすぎるとこういうことがあるとききます……」

そこで遠野《とおの》は、大丈夫です、という。

「私がちゃんとしますから」

遠野《とおの》はまた俺の体を抱きしめ、肌をあてて、快感を与えてくる。遠野《とおの》のなめらかな肌が気持ちいい。そしてさらに遠野《とおの》は俺の体を刺激しながら、肩や首にキスをする。しかし――。

五分、十分とそれをつづけても、俺の体は反応しなかった。

遠野《とおの》の瞳が、一瞬、曇る。

「すまない、もしかしたら今夜は体調が――」

「いえ、大丈夫です……」

そういったあとで、遠野《とおの》はもう一度、笑顔をつくっていう。

「私はその、女子高出身ですから、みんなから過激なこともきいてますから……」

それから、遠野《とおの》は彼女がいうところの過激なことを俺にしてくれた。

胸をあてたり、口でしたりといったことだ。

でもそれらをしても、俺の体は反応しなかった。

十分、二十分と遠野《とおの》がいろいろしてくれても反応できず、俺もなんとかしたいと思うが、気ばかりあせって、少しは反応できていたものが、そのうちまったく反応できなくなってしまった。

「ごめん……」

「…………」

そうしているうちに、俺たちの体の熱はすっかり冷めてしまった。

俺たちはどちらともなく無言になって、抱きあい、眠ろうとした。でも俺も眠れなかったし、遠野《とおの》も目を閉じただけだった。

俺の腕のなかで、遠野《とおの》は小さくつぶやいていた。

「愛しているなら、できるはずなんです。私たちは、できなきゃいけないんです。できなければ嘘《うそ》です……できなければ……私は早坂《はやさか》さんに……」

翌朝、遠野《とおの》が試合前の練習にいくタイミングで、俺と早坂《はやさか》さんも一緒にホテルの部屋をでた。

「試合の時間になったら応援にいくから」

俺がいうと、遠野《とおの》は昨夜のことはなかったかのように、明るく、「はい！」とうなずいた。

ただ、早坂《はやさか》さんとは一度も目をあわせなかった。

早坂《はやさか》さんと俺はホテルの前で別れた。

「東京案内をするって、福田《ふくだ》くんと約束してるから……」

早坂《はやさか》さんはさらになにかいおうとして、でもやっぱりいわずに去っていった。

昨夜、彼女が起きていたのは明らかだ。なにがあったか知っている。当然、遠野《とおの》もそれを最初からわかっている。

あったはずの未来はこうだ。

遠野《とおの》が早坂《はやさか》さんのしていないことを、早坂《はやさか》さんのとなりでする。遠野《とおの》はそれで彼女としての自信を取り戻し、京都の人間関係が確固たるものになる。

でも、それができなかった。これが、どういう意味を持つだろうか。

俺には遠野《とおの》の試合がはじまるまで予定がなかったから、ただなんとなく電車に乗り、適当な駅で降り、歩きまわった。

考えることといったら、やはり遠野《とおの》のことだった。

昨夜できなかったことはかなり致命的なことのように思えた。

遠野《とおの》は自分が早坂《はやさか》さんに勝っているところをみつけたかったはずだ。そして、酔っぱらい対決のなかでみつけた。でもそれをしようとして、できなかった。

『相手のことを本当に愛していれば、必ずします。してないのであれば……相手はそうではなかったのかもしれません。好きなら、絶対するものですから』

遠野《とおの》は早坂《はやさか》さんに向かって、こういった。この言葉が返ってくる形になってしまった。

俺のせいで……。

『愛しているなら、できるはずなんです……』

昨夜、腕のなかで遠野《とおの》が虚《うつ》ろにつぶやいていたことを思いだす。

朝、遠野《とおの》は明るい顔をしていた。

でもその心の中は、さらに不安定になってしまったはずだ。

どうして、こうなってしまうんだろう。

どうして、ぎりぎりで、うまくかみあわないのだろう。

一体、なにが原因で——。

考えながら歩いていると、気づけば雑司《ぞうし》ヶ谷《がや》霊園にきていた。

歴史上の偉人や文化人たちの眠る墓地。

ここに俺が求める答えが落ちているはずはない。死者が教えてくれるはずもない。

でも、俺は引き寄せられるように、なぜかそこにいた。

陽《ひ》ざしが明るく、墓地ながらとても爽やかな場所だった。有名な人たちの墓があるから、観光でくる人たちが多いことも影響しているのかもしれない。

そのまま歩きつづけ、かの大文豪、夏目《なつめ》漱石《そうせき》先生の墓まできたときだった。

墓石の前に、見覚えのある女の子が立っていた。

短めの髪、あか抜けた立ち姿。

まちがいなかった。少し大人びたけれど、その雰囲気は変わっていない。

高校の教室では前髪をおろし、赤い縁のメガネをかけて地味な女子を装《よそお》っていた。でも一歩学校の外にでれば、誰よりも自由な恋愛をしていた女の子——。

酒井《さかい》文《あや》がそこにいた。

久しぶりの再会。

俺は酒井《さかい》と目をあわせたまま、立ち尽くす。

高校のころの思い出や感情が胸に去来する。

東京の俺、京都の俺、高校生の酒井《さかい》、大学生の酒井《さかい》、新鮮なようで、それでいて懐《なつ》かしいような気持ちが混じりあう。

俺はそういった万感の思いを込めて、酒井《さかい》に声をかけた。

しかし——。

酒井《さかい》は俺の顔をみて、首をかしげていった。

「え、誰？」

◇

酒井《さかい》は東京の大学の文学部に通っていると、護国寺《ごこくじ》のカフェで語った。墓地で話をするのもどうかということで移動したのだ。酒井《さかい》が雑司ヶ谷《ぞうしがや》霊園にきていたのは、文学部だからとりあえず文豪の墓でもみておくか、という動機だったらしい。そして俺と再会した。

「メガネかけてなかったから、わからなかった」

「俺の存在とは……」

だって、着流しと高下駄《たかげた》だし、と酒井《さかい》はいう。

「京都のくされ大学生のイメージに寄せすぎじゃない？　芝居がかりすぎでしょ」

「相変わらず容赦ないな」

酒井《さかい》は俺が京都にいったことをちゃんと知っていた。高校には進学先を報告していたし、人の口に戸は立てられないのだ。

「傷心の俺をそっとしておいてくれたんだな」

「いや、彼氏でもない同級生が遠くの大学にいったところで別に連絡とらないでしょ」

「…………」

酒井《さかい》は本当に変わっていなかった。でも当時とちがうところがあるとすれば、カフェの外にみえるバイクだろう。スズキの250cc。大学進学と同時に免許をとったらしい。

自由にどこでもいける感じが好きなんだよね。

二人乗りでここまで乗せてもらうとき、酒井《さかい》はそう語っていた。車だと、都内では逆に不便な部分もある。

「牧《まき》とは会ってるのか？」

俺がきくと、酒井《さかい》はたまにね、とこたえる。生徒会長をしていた、牧翔太《まきしょうた》。

「ミキちゃんとはつづいてるらしいよ」

「けっこうお似合いだったしな」

そんな、旧友と再会すれば誰でもするような会話をした。クラスメートたちや酒井《さかい》の近況。みんなそれぞれに楽しいこと、成長したことがあって、そして悩みや問題を抱えていた。

話しているうちに空になったカップにコーヒーが二回注がれ、小腹がすいてサンドイッチを注文した。そして——。

「じゃあ、桐島《きりしま》の話をきこうか」

酒井《さかい》が満を持して、といった顔でいう。

「あかねたちとはどうなってるの？　あのまま、ってわけじゃないんでしょ。そんな顔してるわけだし」

「酒井《さかい》はいつも、俺がつらいときにあらわれるな」

「私と桐島《きりしま》は、そういう関係なのかもね」

迷っているときに、まるで南十字星のごとくあらわれる。そして助けてくれることもあるし、とてつもなく致命的なことをいうこともある。

そんな酒井《さかい》に、俺は京都にいってからのことを話した。酒井《さかい》は特にリアクションすることなく、ただきいていた。俺が話しおわったとき、酒井《さかい》のカップは空になり、俺のカップに入ったコーヒーはすっかり冷めていた。

「ふうん」

酒井《さかい》は話をきいたあとで、口をひらく。

「ていうか、それ、本当に馴染《なじ》んでるの？」

「え？」

「着流しとか、下駄《げた》とか。エーリッヒ・フロムとか」

「俺は……馴染《なじ》んでいるつもりだが……」

「ならいいんだけどさ。フィッツジェラルドを読んで、ギャツビーを気取ってたやつがいきなり和装になってあらわれたからきいただけ。世間ってあなたでしょ、とか太宰《だざい》の引用もしてたのに、与える人になりたいなんてずいぶん丸くなったもんだなって」

「いろいろ、あったから」

「そうだね。そうやって人は変わっていくものなんだろうね」

私もバイクに乗るようになったし、と酒井《さかい》はいう。

「文学部に入れば、そっちに行動を寄せる」

「夏目漱石《なつめそうせき》の墓に参るみたいに」

「そう。理系に進めば白衣が似合うようにしていたと思う」

「俺も、そうしたことだろう」

人は周囲の環境、所属する場所に少なからず影響を受けるし、経験が価値観をつくる。

でも、と酒井《さかい》はいう。

「全てが環境で決まるのかな？　自分がこうしたいって方向に持っていこうと頭で考えて、それでコントロールできるものなのかな。社会的な正しさに寄せることで、生来的なものが覆い隠されたとしたら、そのまま走りつづけられると思う？　齟齬《そご》や亀裂は生じない？」

「酒井《さかい》、それは一体——」

「じゃあ、バイトもあるから、手短にやるね」

そういって酒井《さかい》はテーブル越しに、身を乗りだしてくる。

「キスしようよ」

「おい」

「わかるでしょ」

そのとおりで、俺には酒井《さかい》がなにをしようとしているかわかる。

だから、俺は酒井《さかい》にキスをする。

「どう？」

「高校のときと……同じだよ」

俺は当時、一度だけ酒井《さかい》とキスをした。そのとき、早坂《はやさか》さんや橘《たちばな》さんとするときとはなにかがちがった。そして、そのちがいは今も変わらなかった。

酒井《さかい》はとてもきれいだし、魅力的な女の子だ。

でも酒井《さかい》とキスをしても、早坂《はやさか》さんや橘《たちばな》さんとキスしたときに感じる、胸の高鳴りや、せつなさのようなものは感じないのだ。くちびるを押しあてたという事実でしかなかった。

「キスが特別なものになるのは、相手が特別なときだけでしょ。もちろん、キスだけじゃなくて、恋愛における行為全般にいえるわけだけど」

酒井《さかい》はそういって俺をみる。

「桐島《きりしま》は遠野《とおの》さんと最初そういうことができなかった」

「……ああ」

「それってさ」

酒井《さかい》は例のごとく、とても中立に、ただ思ったことをいう。

「桐島《きりしま》にとって、遠野《とおの》さんは特別な女の子じゃないってことじゃない？　ちがう？」

◇

酒井《さかい》と別れたあと、俺は都内をさまよい歩いた。

思いの外、酒井《さかい》の言葉が効いていた。

遠野《とおの》が俺にとって特別じゃない。だから今、様々な問題が発生している。

そして特別なのは――。

気づけば小石川《こいしかわ》から猿楽町《さるがくちょう》、神保町《じんぼうちょう》、小川町《おがわまち》までいって万世橋《まんせいばし》を渡り、本郷《ほんごう》、真砂町《まさごちょう》、そして柳町《やなぎちょう》まで歩いていた。

俺は一体、なにをしているんだ。遠野《とおの》の応援にいかなければ。そう思って、二日目の応援に体育館へと向かった。

やはり、歓声はひどく遠くに感じられた。遠野《とおの》はなんなく勝利した。

そのあとは京都に帰るべく、みんなで駅に向かった。

表面上は誰しもが楽しい顔をしていた。おみやげを買って、笑って、新幹線のなかで食べるおやつを選んでいる。でも、水面下では亀裂が生じている。

それは俺と遠野《とおの》が馴染《なじ》んでないからなのか。

頭で選んでも、後天的にそうすべきだと思っても、あらがえない適性や無理なことというのが恋愛においても存在するということなのだろうか。

だとして、俺には今、一体なにができるのだろう。

そんなことを考えるうちに、駅のホームで、また遠野《とおの》と早坂《はやさか》さんが険悪になってしまう。

ふとした拍子に、早坂《はやさか》さんがいってしまったのだ。

「桐島《きりしま》くん、カツサンドはいいの？　新幹線乗るときは食べたくなるっていってたよね」

それは遠野《とおの》の知らない情報だった。

俺と早坂《はやさか》さんが一緒に新幹線に乗るのは初めてのはずで、もちろん日常会話のなかでそれを知ったという可能性もあるけれど、遠野《とおの》はすぐに反応した。

「またですか」

暗い顔でつづける。

「そうやって私はなんでも桐島《きりしま》さんのこと知ってますみたいな顔して……」

「ご、ごめん、そういうつもりじゃ――」

「桐島《きりしま》さんの元カノって、早坂《はやさか》さんですよね。あなたが、桐島《きりしま》さんが部屋に引きこもるきっかけをつくったわるい人ですよね。それで、また桐島《きりしま》さんの足を引っ張ってるんですよね……」

「遠野《とおの》――」

「桐島《きりしま》さんは黙っててください」

遠野《とおの》が、今度は福田《ふくだ》くんのほうを向く。

「福田《ふくだ》さん、こんな女、絶対やめたほうがいいですよ」

そして、出禁です、と早坂《はやさか》さんにいう。

「もう京都にこないでください。桐島《きりしま》さんにも、福田《ふくだ》さんにも会わないでください。京都は私たちの場所なんで」

それは悪手だ。

早坂《はやさか》さんはきっとこなくなる。でも、福田《ふくだ》くんはすでに早坂《はやさか》さんの全てを受け入れている。その覚悟を示して早坂《はやさか》さんの通う大学に編入し、もう京都にあらわれなくなるだろう。

俺が、俺たちが大切にしたかった京都が崩れようとしている。

福田《ふくだ》くんは難しい顔で黙っている。

大道寺《だいどうじ》さんは目を閉じて腕を組んでいる。将棋で長考するときの構えだ。なにか解決策を練ってくれているのだろうが、長考に入った大道寺《だいどうじ》さんはとにかく時間がかかる。

宮前《みやまえ》はおろおろしている。

浜波《はまなみ》はうぅ、うぅ、と泣いている。

もうダメだ、俺がなんとかしないと、と思ったそのときだった。

「ごめん」

クールな声が、重い空気を切り裂いた。

それは橘《たちばな》さんだった。

橘《たちばな》さんは遠野《とおの》に向かっていった。

「司郎《しろう》くんの元カノは私。だから私が全部わるい。黙ってて、ごめん」

そして、もう京都から去る、というのだった。

第23話　金色《こんじき》になれ、桐島《きりしま》

イルミネーションの遊歩道を、橘《たちばな》さんと歩いている。

遠野《とおの》たちは新幹線に乗って先に帰っていった。

「追いかけてきた忘れられない初恋の相手、司郎《しろう》くんのことなんだ」

駅のホーム、橘《たちばな》さんは、ショックで呆然《ぼうぜん》としている遠野《とおの》に向かっていった。

「もう、京都の部屋は引き払って東京に戻る。私は京都にはこない。だから、最後に司郎《しろう》くんと少しだけ話をさせて」

ということになり、駅から移動して、ふたりで夜の東京の街を歩いている。

夜風が冷たい。

そして京都とちがいビルが高く、街の明かりが明るかった。

「すまない、橘《たちばな》さん」

俺はいう。

「憎まれ役を引き受けてもらってしまって」

「別にいい。たまたまそうなっただけだから」

遠野《とおの》の早坂《はやさか》さんへの疑心暗鬼によって、京都の人間関係は崩壊寸前だった。橘《たちばな》さんが、自分が元カノだと告白し、さらに京都から去るといったことで、いったんそれは救われた。遠野《とおの》の不安の種である、俺の元カノ問題が遠くにいくからだ。

でも——。

「もともとそうするつもりだったし。それに、私のほうが遠野《とおの》さんにとってひどい女かもしれない」

橘《たちばな》さんの白い横顔が、イルミネーションに照らされている。

彼女のブーツの足音。

東京の地で、橘《たちばな》さんと一緒にいる。

沈黙でもなにも気にならない。

夜が、俺たちを静かに、やさしく包んでいる。

そして俺が、橘《たちばな》さんのマフラーに巻かれた口元に目をやったときだった。

橘《たちばな》さんは正面を向いたまま、遠くをみながらいった。

「司郎《しろう》くん、東京に帰ってきなよ」

その言葉は、この夜、この場所で、橘《たちばな》さんがいうにとてもふさわしいものだった。少なくとも俺の胸に突き刺さるような、切り裂くような切れ味を持っていた。

少し、歩く。

やがて橘《たちばな》さんは立ちどまり、俺のほうを向き直っていう。

「私、もう子供じゃないよ」

俺は高校二年の冬の終わりのことを思いだす。

どうにもこうにもならない状況で煮詰まって、駆け落ちしようと、橘《たちばな》さんが学校から俺を連れだし、堤防を歩きだしたときの記憶だ。

あのとき、橘《たちばな》さんは未来を語った。小さな町でふたりきりで暮らす未来だ。でもそれは子供じみた妄想で、橘《たちばな》さんもそれをわかっていて、結局、春の雷が鳴って雨が降りだし、俺たちはきた道を引き返した。橘《たちばな》さんは雨に濡《ぬ》れながら、子供じみた妄想しかできない自分の無力さ、幼さに泣いた。

でも、もうあのときの橘《たちばな》さんじゃない。

「私、ひとりで生活できる」

橘《たちばな》さんがいう。

「一緒に暮らそうよ。お金は私が稼ぐ。そういうこと、できるようになった」

「しかし……」

「東京の大学に入りなおせばいいよ。私は待てる。司郎《しろう》くんが自分で稼ぎたいなら、それならまたお母さんのお店で働けばいい。お母さんも喜ぶと思う」

立ちどまった橘《たちばな》さんが、俺の服の袖をつかむ。

「司郎《しろう》くんが想像してた大学生活って、そういうのじゃないの？」

そのとおりだった。

俺はあのころ、自分が国見《くにみ》さんの通う大学に進学して、玲《れい》さんのバーでアルバイトをつづけていく未来を漠然と描いていた。

講義にでて、ベンチで小説を読み、バーでグラスを磨いてジャガイモの皮を剝《む》く。

「私と一緒にそれ、しようよ」

酒井《さかい》がいうところのしっくりくる、というのはこういうことなのかもしれない。多感な十代のころに思い描いていたこと、身近だったものが一番その身に馴染《なじ》んでいる。よくもわるくも。

「俺は、その場合……」

「うん。京都を去ることになる。だから遠野《とおの》さんにとって、私のほうが残酷かもしれない」

こういうことがしたいわけじゃない。

宮前《みやまえ》をきっかけに、早坂《はやさか》さんと橘《たちばな》さん、三人でわちゃわちゃしていたときに、そう、いっていた。

じゃあ、橘《たちばな》さんが本当にしたいことがなんなのかといえば、それがこれだった。

東京で、とても静かに、ふたりで過ごす。

そのために、彼女は自分のスタンスを明らかにした。

「私は東京で待ってるから」

これは、俺に選択を迫っているのだ。

もう中途半端《ちゅうとはんぱ》なことはしない。私を選んでほしい、と。

橘《たちばな》さんの表情はとてもフラットだ。ただ、少し哀《かな》しそうでもある。それはモラトリアムの終わりであること。このスタンスの表明に、遠野《とおの》への残酷さが含まれていること。

彼女の願いが叶《かな》ったとき、それは京都の人間関係の終わりでもあるからだ。

橘《たちばな》さんはやさしい子だ。

だからこれをいうのに、ここまで時間がかかったのだろう。

でも、いった。

きれいに自分を貫いて、その選択が誰かを傷つける可能性を強く自覚しながら。

「好きだよ、司郎《しろう》くん」

橘《たちばな》さんは俺に近づくと、不意に頬にキスをした。冬の夜、よく冷えたくちびる。

橘《たちばな》さんの余韻と、香りの残像。

「私、待ってるから」

◇

東京遠征から帰ってからの京都生活は、どこか色を失ったようだった。

橘《たちばな》さんが全てを背負って東京にとどまったとはいえ、一度あぁなったものが、すんなり元どおりというわけにはいかない。

東京から帰って以来、遠野《とおの》は毎日俺の部屋にやってきた。もしくは、自分の部屋に俺を招き入れた。

「桐島《きりしま》さんがどこかにいってしまいそうで……」

そういって、毎晩、俺と一緒に抱きあって眠るのだ。

そういう行為はしなかった。遠野《とおの》は、俺がそれをできないことを恐れていた。そして、それは俺も同じだった。

東京のホテルで、俺と遠野《とおの》はできなかった。

そして、今もできないと自分でもわかっている。

もともと、俺は遠野《とおの》とできなかった。そのとき、俺はその原因を長きにわたる禁欲生活のせいだと考えていた。それは早坂《はやさか》さんと再会し、彼女のおかげでそういうことができるようになって解決した。そう、思っていた。でも――。

俺が本来、遠野《とおの》とはできないと考えるとどうだろうか。一時的にできていたのはある種の努力によるもので、できなくなっている今こそがニュートラルだとしたら――。

酒井《さかい》の言葉が、どうしても頭をよぎってしまう。

『桐島《きりしま》にとって、遠野《とおの》さんは特別な女の子じゃないってことじゃない？』

橘《たちばな》さんとイルミネーションの東京の街を歩いたことを思いだす。

頬に、軽くキスをされた。そのあと、橘《たちばな》さんは東京駅の新幹線のホームまで俺を見送ってくれた。彼女とふたりでいるときの俺は、驚くほどに自然体だった。なにも無理していない、なにもぎこちないところがない。

京都での大学生活は俺に馴染《なじ》んでなくて、本来、俺に馴染《なじ》むのは東京での大学生活だったとしたら――。

俺はそんな考えをなんとか追い払おうとした。

そんなある日、京都の街に雪が降った。夜から降りはじめ、朝にはしっかり積もっていた。

クリスマスの数日前のことだ。昼になっても、降りつづいている。

俺は雪の京都を徘徊《はいかい》した。雪化粧の金閣寺《きんかくじ》は美しいときくが、雪のなか歩くのは京の風情《ふぜい》を楽しむためではなく、己を罰するためだった。

遠野《とおの》は俺の彼女だ。彼女を大切にするべきだ。そう決めたじゃないか。

たしかに俺は東京出身で、青春時代をあそこで過ごした。でも京都にきて、俺は桐島《きりしま》エーリッヒになると決めた。エーリッヒ・フロムの考えに感銘を受けた。

人は変われる。それが希望なんだ。

俺は自分に、そういいきかせながら歩く。

そのうちに手足の感覚がなくなっていく。

雪はさらに降りつもる。

この雪が、全てを覆い尽くしてくれればいいのに。

そう、思った。

俺はどうすればいいのだろう。幾度も繰り返したこの問いをまたあきもせず繰り返す。そしてその答えがないわけではなかった。

大学の学食で、浜波《はまなみ》と話したことを思いだす。東京遠征のあと、浜波八卦《はまなみはっけ》の陣について話しあったのだ。

「金色《こんじき》になれ！　桐島《きりしま》！」

それが浜波《はまなみ》の結論だった。

浜波《はまなみ》は責任感の強い女の子なので、軍師として現状をこう分析した。

「感情的にはこんがらがって大変ですが、状況としては、実はわるくありません」

早坂《はやさか》さんはずっと遠野《とおの》を邪魔しないスタンスをとりつづけているし、橘《たちばな》さんは東京で待つ、もう京都には関わらないというスタンスを示した。

「つまり、ここでふたりとの関わりを断ってしまえば、浜波八卦《はまなみはっけ》の陣は完成するんです。なにせふたりとも、ここで桐島《きりしま》さんがきっぱりふっちゃえば、もう関わりませんといっているんです。京都の人間関係を守り、遠野《とおの》さんをちゃんとした彼女のままソフトランディングできる最高のシチュエーションになっているんです！」

そこで浜波《はまなみ》は首をかしげる。

「ところで宮前《みやまえ》さんはどんな感じですか？」

「クリスマスを楽しみにして、毎日、ぽやぽやしている」

「相変わらずなんも考えてないハッピーガールですね！」

宮前《みやまえ》はすぐにお金を渡そうとしたり、物を貢《みつ》ごうとする悪いくせがある。だからそれをなおすため、最近では普段の贈り物を禁止にしている。

しかし、クリスマスとなれば話は別だ。当然、プレゼントを贈りあう。

「桐島《きりしま》とおそろいのものを増やすチャンスばい！」

宮前《みやまえ》はそういって、クリスマスを楽しみにしているのだった。

「この部屋を桐島《きりしま》とおそろいのものでいっぱいにしたいんだ〜」

と、ゆるんだ顔でいっていた。

宮前《みやまえ》は二番目の彼女というポジションで十分幸せらしく、本当に遠野《とおの》との仲を邪魔をする気もなく、俺とちょっと一緒にいるだけで満足した顔をしていた。

クリスマス会も、どこか別日程でいい、ということになっていた。

「まあ宮前《みやまえ》さんはなんとかできるでしょう。ピュアすぎて、ビターエンディングじゃなくて号泣エンディングになりそうな気配がするのがちょっと心苦しいですが——」

いずれにせよ、と浜波《はまなみ》はいった。

「今がクライマックスです！　ここで全てを完成させ、十年後の種子島《たねがしま》の約束に向かって走りだすんです。そうです、種子島《たねがしま》の約束さえあれば、ピュアピュア宮前《みやまえ》さんは友だちというポジションに落ち着けることもできるんです！」

そのために必要なことはなにか、浜波《はまなみ》はわかっているという。

浜波《はまなみ》が考える、全てを丸くおさめるためのラストピースは――。

「金色《こんじき》になれ！　桐島《きりしま》！」

というのだった。

「金色《こんじき》？」

俺が首をかしげながらきくと、はい、と浜波《はまなみ》は真剣な表情でうなずく。

「桐島《きりしま》先輩がなるべきはフィッツジェラルドでもエーリッヒでもなく、もちろん、解くすべもない惑ひとかいいつづける種田山頭火《たねださんとうか》でもありません。あなたがなるべきは、尾崎紅葉《おざきこうよう》です！」

かの有名な小説『金色夜叉《こんじきやしゃ》』を書いた明治の小説家、尾崎紅葉《おざきこうよう》。

それになれ、と浜波《はまなみ》はいっているのだ。

「それは熱海《あたみ》にある、あの銅像を意識してのことか」

「そうです、そのとおりです！」

静岡県の熱海《あたみ》には、金色夜叉《こんじきやしや》の銅像が置かれている。

主人公の男が地面に倒れる女を下駄《げた》で蹴っとばしている作中のワンカットだ。いろいろと動機や事情はあるが、とにかく男が全力で女を蹴っとばすのだ。

「桐島《きりしま》先輩に必要なのは遠野《とおの》さん以外の女の子を蹴っとばす勇気なんです！　かわいそう？　今どき許されない？　そんな気持ち忘れてしまいなさい。それで平和が訪れるのだから」

夜叉《やしや》の気持ちを持て、と浜波《はまなみ》はいう。

「金色《こんじき》になれ！　金色《こんじき》の夜叉《やしや》となれ、桐島司郎《きりしましろう》！」

それが浜波《はまなみ》のアドバイスであり、唯一の解決策だった。

雪の降りしきる京都をひとり歩きながら、俺は考える。

夜叉《やしや》に、なれるだろうか。

早坂《はやさか》さんを、橘《たちばな》さんを、そして宮前《みやまえ》を、下駄《げた》で蹴り飛ばすことができるだろうか。

いや、できるかどうかではない。きっと、やらねばならないのだ。俺はそんな夜叉《やしや》にならなければいけないのだ。

前に進まなければ、以前と変わった自分にならなければ。

こんなことで迷っていてはいけない。こんなことで迷っている俺ではダメだ。もっと、もっと前に進まなければ。だから——。

「向上心のない俺はバカだ」

そんなことを、いってみる。その声は降り積もった分厚い雪に吸いこまれ、消えてしまう。

だからもう一度、大きな声でいう。

「向上心のない俺はバカだ！」

そのときだった。

「向上心という言葉は自分を追いこむために使うものではないよ」

油土塀の陰から声がした。

すぐに声の主が姿をあらわす。

「向上心というのは、他人を惑わせ、追いこむための言葉だ。少なくとも、僕たちはそう学んでいるはずだ。国語の教科書に載っていた、あの物語から」

福田《ふくだ》くんだった。

◇

閉じた、夜だった。

ヤマメ荘の一室、福田《ふくだ》くんの部屋で、俺たちは将棋盤を挟んで差し向かいになって畳の上に座っていた。石油ストーブが低い音を立てている。

部屋のなかは暗い。雪の影響で停電してしまったのだ。

「熱いお茶でも振る舞うよ。体が冷えているだろうから」

雪の降る通りで、声をかけてきた福田《ふくだ》くんは、俺にそういった。

それで福田《ふくだ》くんの部屋にきて、熱いお茶を淹《い》れてもらった。とてもいいお茶で、急須も湯呑《ゆのみ》も、地味だけど品のある、とても上質な茶器だった。

狭く古い部屋で、俺たちはそのお茶を飲んだ。

小ぎれいに掃除された机の上、几帳面《きちょうめん》にならべられた専門書、福田《ふくだ》くんの丁寧な暮らしぶりのわかる空間。

お茶を飲んでいるうちに夜になり、福田《ふくだ》くんは俺に焼き魚とみそ汁を振る舞ってくれた。食後は熱燗《あつかん》の日本酒をやった。雪の影響で停電となったが、ランタンとろうそくに火を灯《とも》し、俺たちは互いに酒を注ぎ、黙ったまま飲みつづけた。

まるで、『勧酒《かんしゅ》』だと思った。

どういった内容だったか……。

どうか、酒を注がせてくれ……花に嵐の例えもあるが……さよならだけが人生だ……。

そのような訳だったか……。

福田《ふくだ》くん、これじゃあ、まるで別れの酒じゃないか。

そんな言葉を飲みこんで、俺はただ飲んだ。そしてどれくらい飲んだだろうか、夜も更《ふ》けてきたところで、福田《ふくだ》くんが将棋盤を持ってきた。

「一局打たないか」

酔った顔をしているが、その眼差《まなざ》しには強いものが宿っていた。

「今度こそ、真剣勝負をしよう」

駒をならべる福田《ふくだ》くん。俺もそれにならって、ならべていく。

コタツで鍋をする会のときは、俺がわざと負けた。そうではない勝負をしようと福田《ふくだ》くんはいっているのだ。

「この勝負に勝ったら……僕はこの大学を辞めるよ……」

そういって、対局がはじまった。

この大学を辞めたあと、福田《ふくだ》くんがなにをするかきくまでもなかった。早坂《はやさか》さんの通う大学に編入するのだろうし、それができなくても、海辺の街へいくのだろう。

早坂《はやさか》さんに、覚悟を示すために。

俺が勝てば、福田《ふくだ》くんを止めることができる。彼の学歴や、これまでの勉強の経緯を考えたらそうするべきだ。

ただ、福田《ふくだ》くんの早坂《はやさか》さんへの恋心を尊重するなら、ここは負けて、その背中を押すべきだろう。でも、それが果たしていいことなのか。

福田《ふくだ》くんの恋が叶《かな》うかといわれたら——早坂《はやさか》さんの心が動くかと問われたら——俺はきっとなにもいえないだろう。そしてそれを俺が判断することは、ひどく傲慢にも思える。

などと考えているうちに局面が進んでいく。

「悪いくせだよ、桐島《きりしま》くん」

福田《ふくだ》くんがいう。

「僕はそんなに弱いかい？」

そのとおりだった。

あれこれ考えるのは俺の悪いくせで、思考を散らしながら将棋で勝てるほど、福田《ふくだ》くんは生易しい相手ではなかった。

福田《ふくだ》くんの攻め手は苛烈で、俺は防戦一方だった。

「もうひとつ、条件を足そう」

福田《ふくだ》くんが飛車を前に進めながら、いう。

「この勝負、僕が勝ったら……桐島《きりしま》くんは遠野《とおの》さんを大切にするんだ。これから、ずっと」

なにも知らない人からみれば、奇妙な条件だっただろう。

負けたら恋人を失うといった条件ではなく、負けたら恋人を大切にする。

もちろん、俺と福田《ふくだ》くんのあいだには暗黙の前提というものがある。

俺は、この勝負に負けるべきだ。それが遠野《とおの》のためであり、俺が今やろうとしていることに添っている。負けることだけは、わざとできる。

でも、福田《ふくだ》くんのためを思えば、勝って止めることも必要かもしれなかった。

やはりなにをやっても、早坂《はやさか》さんの心が動くとは思えなかったからだ。ただ、勉学の道をそれてしまうという結果だけが残る可能性がある。

しかし、なぜお前が早坂《はやさか》さんのことをそんなに強く断言できるのかと問われれば、やはりその原因が俺自身にあるからなのかもしれなかった。

俺が夜叉《やしゃ》となって、早坂《はやさか》さんを蹴り飛ばすことができれば、福田《ふくだ》くんの恋は叶《かな》うといえるようになるのではないだろうか。だが、全てが俺の行動によると考えるのはやはり傲慢であるようにも思える。世の中のほとんどのことは、個人の意志なんかとは無関係に動いているからだ。

またもや迷宮を歩きはじめる思考。

石油ストーブは赤く輝き、ただ盤上に駒の音が響く。

福田《ふくだ》くんはこの勝負で、福田《ふくだ》くん自身の覚悟を試しているのだろうか。

それとも、俺の覚悟を試しているのだろうか。

福田《ふくだ》くんは日本酒で赤らめた顔のまま、黙々と打ちつづける。

きっと福田《ふくだ》くんも迷っているのだ。人は考えて考えて、迷って迷って、それでもどうしていいかわからなかったとき、天の采配に選択を委《ゆだ》ねようとする。

コイントス、運命の裏表。

この勝負は、その類《たぐい》のものなのかもしれない。

福田《ふくだ》くんが勝ったなら――俺が勝ったなら――。

俺もこの勝負の行方をみたいと思った。福田《ふくだ》くんが大学を辞めて海辺の街へいくべきなのか、俺は遠野《とおの》と一緒になる運命なのか。人の意志を超えたなにかが、道を指し示してくれることを期待した。

でも——。

結局、勝負はつかなかった。

日本酒を飲みすぎていた福田《ふくだ》くんが、盤の上に突っ伏してしまったからだ。

畳に落ちる駒たち。

福田《ふくだ》くんは寝息を立てはじめる。

俺は福田《ふくだ》くんの肩に半纏《はんてん》をかけた。

「飲めない酒をあんなに飲むから……」

この勝負で得たものはなにもなかった。

ただ、福田《ふくだ》くんの抱える悩みを、俺はこの閉ざされた夜のなかで、自分のことのように、はっきりと感じたのだった。

◇

二十四日は昼から活動を開始した。

遠野《とおの》と一緒に京都駅に大きなクリスマスツリーをみにいった。桜ハイツの部屋に戻ったあとは、配信されていたクリスマスにちなんだ映画を観《み》た。

仕事に打ちこんでいた男が、クリスマスの夜に、家族や大切な人と過ごすことの大切さに気づくというストーリーだった。俺と遠野《とおの》はソファーで体を寄せあってそれを観《み》た。

そのあとは夕方からふたりで、ささやかなクリスマスパーティーをする予定になっていた。

「桐島《きりしま》さんはケーキをお願いします。私は食事の準備をしておくので！」

遠野《とおの》がそういうので、俺はケーキの受け取りのために外にでた。街の小さなパティスリーで、クリスマスケーキを予約していたのだ。

雪化粧をしたままの通りを歩き、パティスリーにいってみれば、幸せそうな人たちがケーキを受け取っていた。俺も同じように、ケーキを受け取った。

これから俺は遠野《とおの》とクリスマスパーティーをする。一緒に食事をして、このケーキを食べる。

そしてプレゼント交換をする。遠野《とおの》はこの日を楽しみにしていて、しっかりサンタ帽を俺のぶんも買っている。

完全なクリスマスといえた。

今日という日をやり遂げ、遠野《とおの》とふたりで幸せなクリスマスの思い出をつくる。

東京で待つ橘《たちばな》さんのところにはいかず、早坂《はやさか》さんとももう会わない。それをすれば、俺たちは全て丸くおさまるのだ。

しかし、自信のない部分もあった。

昨日の夜、布団《ふとん》のなかで遠野《とおの》がいったのだ。

「明日は、しましょうね……」

不安げに、でも強い意志を持って。

「愛しあっていれば、するものですから。恋人であれば、できるものですから」

遠野《とおの》は自分で早坂《はやさか》さんにいった言葉にとらわれていた。

でも本当に問題なのは、俺が遠野《とおの》とできるかわからないことだった。このまま夜になってそういうことをしようとしても、気まずい思いをする予感がする。

それを考えると、俺の足取りは重くなり、桜ハイツの近くまで戻ったところでついには動けなくなってしまったのだった。

俺は認めざるを得なかった。

遠野《とおの》との関係はある種後天的な、努力を必要とする関係だ。それに比べて早坂《はやさか》さんや橘《たちばな》さんとは、特別さがあった。

それは初恋だとか、青春期を一緒に過ごしたことによる深いつながりだとか、きれいに表現することもできるが、端的に相性であるようにも思えた。

一緒にいてつかれないとか、自然体でいられるとか、思わず抱きしめたくなるくらい、自分の好みであるとか、言葉にするとありふれていて、シンプルで、とても俗っぽい部分が含まれている気がした。

恋愛は、本当は一切の考察を必要としない、直感がその多くを占めるものなのかもしれない。

でも——。

運命的な女の子がいて、相性のいい女の子がいて、でも自分にはそうじゃない女の子と彼氏彼女になっていたとき、そうじゃない女の子とは幸せになれないのだとしたら、そんな元も子もない話があっていいのだろうか。

運命的でない女の子とでも、互いの努力で真実の愛にたどりつき、幸せになれるとしなければ、あまりに残酷だ。

たしかに、俺にとって特別な女の子は早坂《はやさか》さんや橘《たちばな》さんなのかもしれない。京都での生活は俺の背景に根本的に接続したものではないのかもしれない。

でも、人は変われるはずだ。

俺は京都での生活と、京都での人間関係を選び、ここまできたのだ。人は自分で思い描いたことを実現していける。望んだ場所で幸せになることができる。それが希望であるはずなのだ。

だから——。

金色《こんじき》になれ、と思う。

金色《こんじき》になれ、桐島司郎《きりしましろう》。

遠野《とおの》と幸せになれ、その未来はみえているはずだ。遠野《とおの》と幸せになれ、遠野《とおの》を幸せにしろ、遠野《とおの》と幸せになれ、遠野《とおの》を幸せにしろ。

お前ならできる、桐島《きりしま》エーリッヒ。

そう、自分にいいきかせているときだった。

声を、かけられた。

「桐島《きりしま》くん、大丈夫……？」

困ったような顔で話しかけてきたのは――。

早坂《はやさか》さんだった。

◇

早坂《はやさか》さんはずっと俺の様子をみていたらしい。いつのまにか雪が降っていたらしく、早坂《はやさか》さんの肩にはうっすら雪が載っていた。

「話しかけるか迷ったんだけど……」

「福田《ふくだ》くんとクリスマスを過ごすために？」

俺がきくと、早坂《はやさか》さんは首を横に振った。

「さよならをいうため」

福田《ふくだ》くんに、その恋心にはこたえられないと告げるためにきたのだという。

「やっぱり、難しいって思ったから」

早坂《はやさか》さんは、哀《かな》しそうな顔でいう。

「大人ぶったり、前に進もうとしたけど、結局のところ私のなかには十代のころから変えられない部分があって、そこはそのまま残っちゃってる」

心の奥底には制服を着たままの自分がまだいて、あのときに夢見た未来を信じたままなのだという。

「それは、私にとっては大切な部分で、今はまだ……捨てられない」

だからどうしても福田《ふくだ》くんの気持ちにはこたえられないの、と早坂《はやさか》さんは語る。

「高校のころの……あのときの恋は私にとっては特別で、今も大事。でもね、だからといって桐島《きりしま》くんと遠野《とおの》さんの仲をジャマしたくないっていうのも本当」

橘《たちばな》さんは東京で待つというスタンスをとった。

早坂《はやさか》さんも最初それを考えたらしい。

「海辺の街で待ってるって、私もいうの。それで桐島《きりしま》くんに、ちゃんと選んでもらって、それでもダメならあきらめる。そういう橘《たちばな》さんが望むような決着、いいなって思った」

でもそのスタンスをとることはできなかったらしい。

「桐島《きりしま》くんがいろいろな感情を抱えながらも、遠野《とおの》さんとやってくつもりだっていうのはわかってるから。その決意をゆらがせるようなこと、私からはやっぱしたくないっていうか……」

だから、と早坂《はやさか》さんはつづける。

「私は海辺の街にひとりでいるつもり。いつかこの気持ちが、本当に、ただの思い出になるまで——」

つまり。

「福田《ふくだ》くんにも、桐島《きりしま》くんにも、もう会わない。迷惑かけるだけだし」

そこで早坂《はやさか》さんは困ったように笑う。

「ごめんね、私のせいで。悩ましちゃったよね。今も、そうなんでしょ……」

早坂《はやさか》さんは目を伏せながらいう。早坂《はやさか》さんは東京のホテル、遠野《とおの》の部屋で一夜を明かした。

あのとき、早坂《はやさか》さんはきっと寝ていなかった。だから、俺と遠野《とおの》ができなかったことを知っている。

そして早坂《はやさか》さんは今、俺と遠野《とおの》のあいだに起きていることについて、おそらく察しがついている。だから——。

「ごめんね」

早坂《はやさか》さんは自分の腕を抱えながらいった。

「なにかしてあげられたらいいんだけど……きっと、私はもうなにもしないほうがいいから」

早坂《はやさか》さんは、様々な感情を隠すように、笑っていう。

「クリスマスはやっぱり特別？」

「遠野《とおの》は……特別な夜にしたがっている」

初めて恋人と過ごすクリスマスなのだ。だから、そこにかける気持ちは大きい。そして、ネックになっているのが、恋人だったらそういう行為をするという部分だ。

付きあいたてのころにできなかったことがやはりある種の傷として残りつづけている。早坂《はやさか》さんと自分のちがいとして、そういう行為をしたことがある、ない、という部分にフォーカスをあててしまったところもある。

『私は桐島《きりしま》さんとしてますよ。桐島《きりしま》さんは私を愛してくれているから、ちゃんとしてくれるんです』

遠野《とおの》はホテルの部屋で、早坂《はやさか》さんに向かってこういった。

早坂《はやさか》さんは思い出の彼氏とそれをしたことがなくて、それが遠野《とおの》の優位性だった。

でも、俺たちは今、うまくできないでいる。

やはり、相手によってある種の引力が強かったり弱かったりということはあるのかもしれない。それを運命と呼ぶのか、相性と呼ぶのかそれはわからない。

でも、いずれにせよ――。

「ごめんね。なにもできなくて……」

早坂《はやさか》さんはいう。

「じゃあ、もういくね。私は海辺の街からでないから……私は、桐島《きりしま》くんが京都で遠野《とおの》さんと暮らしていくの、止めないから……」

早坂《はやさか》さんはそういって、俺の脇を通り過ぎていこうとする。

そのときだった。

「また、あなたですか」

みれば、遠野《とおの》が立っていた。

ケーキを取りにいった俺の帰りが遅かったから、外にでてきたのだろう。

遠野《とおの》は俺と早坂《はやさか》さんを交互にみたあとで、早坂《はやさか》さんを見据えていう。

「桐島《きりしま》さんを誘惑ですか」

「遠野《とおの》さん、ちがうの、これは――」

遠野《とおの》は冷たい口調で早坂《はやさか》さんの言葉を遮った。

「ブタですね」

早坂《はやさか》さんをみている瞳は、虚《うつ》ろだった。

遠野《とおの》は蔑むような調子で、つづける。

「全然鍛えられてなくて、まるで白ブタです。そして、そのだらしない体で男の人たちをたらしこんでるんでしょう。まあ、男の人も下品な体で遊びたくなるときがあるのかもしれません」

遠野《とおの》らしくない、相手を傷つけるための言葉。

いいすぎだ、と俺は止めようとして——。

でも、ここで遠野《とおの》にやめるよういったら、早坂《はやさか》さんの味方をしたようにみえてしまいそうで、俺はためらってしまう。

そのあいだにも、遠野《とおの》は冷たい表情のまま、早坂《はやさか》さんにいう。

「きっと、桐島《きりしま》さんが多少お世話になったこともあるんでしょう。過去になにがあったかまでは、もう問いません。桐島《きりしま》さんもまちがいをすることもあるでしょうから」

でも、と遠野《とおの》はつづける。

「もうブタのあなたに出番はありません。用済みなんです」

やっぱり遠野《とおの》を止めよう。

そう、思った。俺が遠野《とおの》をこうさせてしまった。ちゃんと彼女として安心させなかったから。

これ以上、遠野《とおの》をこの虚《うつ》ろなままにはしておけない。

でも、早坂《はやさか》さんが前にでようとする俺を手で制した。

私がわるいから、私のせいだから。そう、いっているようだった。

早坂《はやさか》さんは、この遠野《とおの》からの非難を受け止めるつもりなのだ。

ちがうんだ、と思う。

遠野《とおの》がこんな言葉を使ってしまうのは、早坂《はやさか》さんのせいでも、遠野《とおの》のせいでもない。

全部、俺のせいなのだ。

「またそのアピールですか」

遠野《とおの》が、早坂《はやさか》さんが俺を制した仕草に目をとめていう。

「そうやって自分が桐島《きりしま》さんのことを一番よくわかってる、アイコンタクトでなんでも伝えあえるみたいな感じ、やめてくれませんか？」

遠野《とおの》が俺と早坂《はやさか》さんのあいだに割って入り、俺の手を取る。

そのとき、遠野《とおの》と早坂《はやさか》さんが少しぶつかって、早坂《はやさか》さんがバランスを崩して雪の地面にしりもちをついてしまう。一瞬、遠野《とおの》が申し訳なさそうな顔をする。本当は人がいいのだ。でも今は、早坂《はやさか》さんのことを簡単には許せないようで、ひどく混乱した顔でいう。

「あなたがわるいんじゃないですか、あなたが――」

ちがうんだ、遠野《とおの》、わるいのは俺なんだ。

「そうです。早坂《はやさか》さん、あなたがわるいんです。全部、全部――」

でも、もういいです、と遠野《とおの》は俺と手をつないでいう。

「もうあなたは必要ないんです。いらないんです。もう桐島《きりしま》さんと一緒にいることはできないんです。もう誰も、私たちのあいだに割って入ることはできないんです」

なぜなら——。

「私たち、年が明けたら結婚しますから。学生結婚するんです」

◇

以前からの予定どおり、大晦日《おおみそか》、俺たちは朝から飛行機に乗って、遠野《とおの》の実家がある北海道に向かっていた。

クリスマスの夜、早坂《はやさか》さんは「ごめん。もう京都にはこないから。ホントにごめん」とだけいって、帰っていった。

そのあと、俺は遠野《とおの》とちゃんとクリスマス会をした。そのまま遠野《とおの》を抱きしめて眠った。

俺はなにもできなかった。でも、正月に北海道にいくのが楽しみだと伝えた。腕のなかで、遠野《とおの》は何度もうなずいていた。

俺はとにかく遠野《とおの》を元気にしたかった。もう、あんな虚《うつ》ろな目をしてほしくなかった。

翌日から遠野《とおの》はこの北海道の旅行の準備にとりかかった。

「やっぱり、桐島《きりしま》さんとの旅行は楽しみですから」

そういって、少し無理のある感じではあったけど、笑ってくれた。

俺はさらに遠野《とおの》のケアをした。一緒にいる時間を増やし、とにかく楽しませようとした。突然、派手な着物を着てあらわれてみたり、部屋で創作ダンスを踊ったりといった類《たぐい》のことだ。遠野《とおの》は俺がひょうきんなことをすると、あきれながらも面白がってくれる。

「桐島《きりしま》さんみたいな人を受け入れられる女の子は私くらいのもんです」

そういって、仕方がないですねえ、と俺にくっついてくるのだ。

そんなことを続けているうちに、遠野《とおの》はいつもの安定感を取り戻し、年末にはすっかり元気になっていた。

そして飛行機に乗って、北海道に向かったのだ。

新千歳空港《しんちとせくうこう》に着いてからは、特に明るい表情になった。

「このジャガイモのお菓子がおいしいんです。こっちも北海道限定で――あっ、あそこのラーメンすごくおいしいですよ！　食べましょう、食べましょう！」

北海道が遠野《とおの》にとってホームグラウンドで、リラックスできるというのもあるだろうし、俺に故郷のいろいろなものを紹介できるのが嬉《うれ》しいみたいだった。

そんな感じで、空港のフードコートで遠野《とおの》おすすめのラーメンを食べた。北海道らしい魚介のスープで、たしかに本州で食べるよりも風味が新鮮で、かつてない勢いで俺はラーメンを食べた。遠野《とおの》はそんな俺の様子を、嬉《うれ》しそうに眺めていた。

食べたあとは電車で遠野《とおの》が生まれ育った街へと向かった。

車窓からみえる変わらない平原の風景を、遠野《とおの》はずっと楽しそうに眺めていた。

「遠野《とおの》は電車に乗るとテンションあがるよな」

「はい。私をどこか遠くの楽しいところに運んでいってくれる。小さいころから、そう思ってたからだと思います。特に今日は桐島《きりしま》さんが一緒ですからね。実家に帰るだけですが、桐島《きりしま》さんがいるだけで全然ちがいます。だって、私と付きあってなければ、桐島《きりしま》さんはきっとこの電車には一生乗らなかったんです。だからちょっと不思議な感じもしますし、でもやっぱり嬉《うれ》しいんです」

電車での旅は長かった。途中、駅弁も食べた。遠野《とおの》は北海道に恋人がきてくれているという事実だけで退屈しないようだった。

遠野《とおの》の生まれた街に着いたのは昼もだいぶ過ぎたころだった。

駅前にロータリーがあって、ちょっとした商店街があり、雪がしっかり積もっていた。四輪駆動の軽自動車が停《と》まっていて、運転席の女の人がこちらに手を振った。遠野《とおの》のお母さんだった。感じのいい人で、俺をみるなり、本当に着物なんだ、と笑ってくれた。

遠野家《とおのけ》は普通の民家だった。

家に着くと、お父さんが家に招き入れてくれた。お兄さんは本州で警察官をやっているらしく、年末年始は帰ってこれないとのことだった。

お父さんは車掌をしていて、遠野《とおの》の電車好きの元になった人だ。

両親ともに俺を歓迎してくれて、コタツのなかに招き入れてくれた。お父さんもお母さんも身長は普通くらいだった。お兄ちゃんは遠野《とおの》と同じくらいらしく、子供たちだけが大きく育ったらしい。

俺は両親にもてなされながら、遠野《とおの》とならんでコタツで晩ご飯を食べる。

家のなかの雰囲気は温かく、一般的な、絵に描いたような幸せな家庭といった空気だった。

晩ご飯を食べたあとは、ミカンを食べながら紅白をみた。

そして午前零時近くになると、いそいそと遠野家《とおのけ》の人々は外にいく準備をはじめた。近くに神社があって、そこにお参りをしながら年を越すのが遠野家《とおのけ》の習慣だった。

俺はお父さんにダウンジャケットやニット帽を借り、ごろんごろんになって外にでた。遠野《とおの》はそんな俺の姿をみて笑っていた。

深夜の初詣のあとはお母さんが年越しそばをつくってくれて、それを食べた。それからお風《ふ》呂《ろ》に入って、遠野《とおの》の部屋に布団《ふとん》を敷いて寝た。

翌朝は新年ということでおせち料理を食べた。

食後ゆっくりしていると、遠野《とおの》とお母さんが広告をみながらわいわいきゃっきゃはじめた。

初売りの狙いを定めているらしかった。

お腹《なか》が落ち着いたところで、みんなで初売りに繰りだした。俺は遠野《とおの》とお母さんに指示されるまま列にならびまくり、カフェや雑貨屋の福袋を手に入れていった。

買い物のあと、遠野《とおの》がぶらぶらしましょうというので一緒に外にでた。

雪は積もっているが道路のところはしっかり除雪されていて、晴れていることもあり、お散歩日和といえた。

「どうですか、我が家は」

遠野《とおの》が歩きながらたずねてくる。

「お父さんもお母さんも、素敵な人だ」

「そうでしょう、そうでしょう。そして父と母も桐島《きりしま》さんを気に入ったみたいです」

我々は幸せになれます、と遠野《とおの》はいう。

そのとおりだった。

遠野《とおの》と一緒にいれば、穏やかで幸せな未来のビジョンがはっきりとみえた。

クリスマスの日に遠野《とおの》がいった学生結婚とまではいかなくとも、大学を卒業して遠野《とおの》と結婚する。京都のみんなとも連絡をとりながら、日々を暮らす。

とても楽しいだろう。

そんな想像をしながら歩いていると、小学校がみえてきた。

「私が通った小学校です。もうすぐ廃校になるらしいです。仕方ありませんね、人が減ってしまっては」

俺たちは誰もいない小学校の敷地《しきち》のなかに入っていく。

校舎のなかを少しのぞいて、そのあとで体育館のなかに入ってみる。俺はこの場所を知っていた。昨日の夜、遠野《とおの》のお父さんがアルバムをみせてくれたのだ。

写真のなかで、幼い遠野《とおの》は笑っていた。いつもなにか食べていて、表情が明るくて、子犬のようにころころと転がっている感じのする女の子だった。

この体育館での写真もあった。バレーボールをはじめたころの写真だ。チームメイトとふざけたり、ピースサインをしたりしていた。

元気でかわいい女の子だったと、お父さんは目を細めて語っていた。

遠野《とおの》はのびのび育ったのだ。

そんな遠野《とおの》は懐《なつ》かしそうに体育館を眺めていた。そのうち体育倉庫に入って、なにやら手に持ってでてくる。

「桐島《きりしま》さん、遊びましょう」

バドミントンのラケットとシャトルだった。

「そこはバレーボールじゃないのか？」

「桐島《きりしま》さんがトスやレシーブをできるとは思えません」

「………」

俺たちはしばらくバドミントンをして遊んだ。本格的な感じではなくて、地面にシャトルを落とさないようにぽんぽんラリーをつづけることが目的だった。

「も～、桐島《きりしま》さん！」

俺が失敗して、遠野《とおの》がおどけた様子で怒る。

「じゃあ、楽しいこと選手権しながらやりましょう」

「なんだそれ？」

「シャトルを打ち返すときに、楽しいと思うことをひとついうんです」

「え、ここで難易度あげんの？　俺、普通に打ち返すのも難しいんだけど⁉」

「いきますよ～」

遠野《とおの》がシャトルをぽんと打ちながらいう。

「焼き肉食べ放題！」

シャトルが飛んできて、俺はあわててラケットをだす。

「講義をサボって映画館！」

こうして、楽しいことをひとつずついいながら、ラリーがはじまる。

「串カツ食べ放題！」

「講義をサボって二度寝！」

俺はちょっとうまくなっていて、何度もシャトルがいったりきたりする。

「ケーキ食べ放題！」「講義をサボって麻雀《マージャン》！」「朝食ビュッフェ無料！」「講義をサボって古

本市！」「キャベツ・ご飯お代わり無料！」「講義をサボって鴨川《かもがわ》デルタ！」

俺たちはどんどん熱くなっていく。しかし遠野《とおの》が叫ぶ。

「ピンチです！」

もちろん、運動神経抜群の遠野《とおの》がシャトルを落とすはずがない。ピンチというのは——。

「楽しいこと選手権のネタがなくなってきました……」

「食べ放題ばかりいってるからだろ～」

「桐島《きりしま》さんだって講義サボってるだけじゃないですか！」

なんていっているうちに、俺の打ち返したシャトルがひょろひょろと飛んでいく。遠野《とおの》はあわてでラケットをだし、少し照れくさそうに、かつ不本意そうにいった。

「桐島《きりしま》さんとする、すごろくゲーム」

ぽんとシャトルがやさしく飛んでくる。

俺も講義をサボる話はネタ切れだったから、いう。

「遠野《とおの》と一緒にまわるフードコート」

ぽんとシャトルが遠野《とおの》のほうに戻っていく。

「桐島《きりしま》さんと一緒にテレビで観《み》る代表戦」

「遠野《とおの》に背中を押されながらするランニング」

ぽんぽんと宙を舞うシャトル。さっきよりもずっと穏やかで、ひだまりのなかでラリーをし

ているような空気だった。

「桐島《きりしま》さんと一緒に帰る帰り道」

「遠野《とおの》の後ろからかごを持ってついていくスーパーの買いだし」

俺は遠野《とおの》と過ごしたなにげない時間が、どれも楽しく、大切であったことに気づく。

「桐島《きりしま》さんと歩く哲学《てつがく》の道《みち》」

「遠野《とおの》と一緒に乗る近鉄《きんてつ》電車」

いくつも、いくつも、それらは簡単にあふれでてくる。

「桐島《きりしま》さんとする料理」

「遠野《とおの》とする部屋の掃除」

そんなことさえ一緒にするだけで楽しくなる。

「桐島《きりしま》さんの変なラップをいっぱいきかされるカラオケ」

「遠野《とおの》が打ちまくってるのを、アイスを舐《な》めながら眺めてるだけのバッティングセンター」

俺はこのシャトルを地面に落としてはいけないと思った。

でも、かなり長くラリーをしたあとで、遠野《とおの》が打ち損じてしまう。

ふらふらと地面に落ちていくシャトル。

俺は身を投げだして、ラケットを差しだした。

地面すれすれで、ガットにあたって、シャトルがふわりと宙に戻る。

遠野《とおの》はそれを手でキャッチし、えへへ、と笑った。

「けっこう長くつづきましたね」

「ああ」

「桐島《きりしま》さんのおかげです」

小学校で遊んだあとは、遠野《とおの》が育った街をみてまわった。よくマンガを買っていたという本屋さんや、買い食いしていたというドーナツショップ、中学まで通っていたという習字教室。

晩ご飯はステーキハウスで食べることになった。

「ご家族と一緒じゃなくていいのか？」

「ずっと一緒だと緊張するでしょうから。今夜はふたりでゆっくりしましょう」

遠野《とおの》はしっかりご両親からお金をもらってきているのだった。

ステーキハウスはログハウス風の外観で、多くのお客さんでにぎわっていた。

「誕生日とか、特別な日によく連れてきてもらいました。試合に勝った日もです」

遠野《とおの》は美味《おい》しそうに、もぐもぐとハンバーグを頬張った。

食後は腹ごなしに散歩をしましょうというので、遠野《とおの》と一緒に歩いた。寒い夜だけど、防寒はばっちりだった。ニット帽をかぶって、手袋をして、マフラーも巻いている。

「私たち、雪だるまみたいですね」

街灯がつくるふたりの影をみて、遠野《とおの》は笑いながらそんなことをいった。

俺たちが向かったのは大きな公園だった。けっこう傾斜のある丘になっていて、その丘を登っていく。

丘陵の上からは、遠野《とおの》の生まれ育った街が一望できた。

平原のなかに民家の光が密集してある。

「夜景と呼ぶには少し寂しいですよね」

遠野《とおの》がいう。

「でも高校生のころの私にとっては、ここが世界の全てで、とてもきれいなものに思えたんです」

「今でも、とてもきれいなものだと思うよ」

俺がいうと、遠野《とおの》は照れたように笑った。

しばらくのあいだ、俺たちは黙って夜景を眺めた。

遠野《とおの》が、ぽつりという。

「……私たち、ずっと一緒ですよね」

遠野《とおの》がクリスマスにいった、結婚するんです、という言葉。

それを意識しているのは明らかだった。

事実、俺はちゃんとそれをわかったうえで、この北海道旅行にきた。両親に会うというのは、そういうことを視野に入れることだということはわかっていた。

「……結婚、しますよね。すぐにではないにしても、お父さんとお母さんも桐島《きりしま》さんのこと気に入ったみたいですし」

俺は、「ああ」とこたえようとする。

それを了承してしまえば、全てが完成するのだ。

京都の大学の面々と大学生活を送り、十年後にみんなで種子島《たねがしま》にゆき、そのとき俺は遠野《とおの》と結婚している。それはとても幸せなことだ。

俺はまちがいなくその未来を選ぶべきだ。そのために、そうするために北海道にきた。

遠野《とおの》と一緒に生きていくのは素敵なストーリーだ。高校のときにいろいろあったけど、前を向いて、新しく出会った人たちと未来を歩いていく。

もちろん、高校のときの彼女たちにだって救いはある。

早坂《はやさか》さんと橘《たちばな》さん、ふたりと再会して、彼女たちがあのころより成長していることはわかっている。

じゃあお元気で、と吹っ切れた感じで手を振ってきれいな別れをする。そして俺は社会人になってからも、時折、彼女たちも元気にやってるかな、とスーツ姿でネクタイをゆるめながら思いだせばいい。

そういう時計の針が前に進みつづけるようなストーリーに自分をはめてしまえばいい。

ここで遠野《とおの》に、「ああ、結婚しよう」といって、北海道から戻ったら早坂《はやさか》さんと橘《たちばな》さんにしっかり別れを告げるのだ。ビター・スイート・エンド。

さあ、いえ、桐島司郎《きりしましろう》。

結婚するといえば、それで完成だ。

金色《こんじき》になれ、桐島司郎《きりしましろう》。

俺はいおうとする。

遠野《とおの》との未来を完全に選びとろうとする。

完全なる幸せ、成長、未来。

でも――。

どうしても脳裏をよぎってしまう。

海辺の街でひとり物思いにふける早坂《はやさか》さん。

東京で俺を待ちつづける橘《たちばな》さん。

彼女たちは高校のころの、まっさらな部分をまだ残している。それを早坂《はやさか》さんは『制服を着たままの自分』と表現したし、橘《たちばな》さんは京都にきたとき、俺が新しい恋人をつくるなんて想像もしてなくて、ただショックを受けていた。

俺と遠野《とおの》が仲良くしても、わかってるよ、と無理して笑う早坂《はやさか》さん。

高二の終わり、春雷のなか涙を流したあのときの気持ちを覚えていて、『私、もう子供じゃないよ』といった橘《たちばな》さん。

もちろん、ふたりは大人になっているから、俺が時計の針を前に進める道を選べば、そこにあわせてくれるだろう。

実際、それでもいいよという空気はだしてくれている。

だけど——。

なにより俺のなかにも、まだ彼女たちと同じく、止まったままの時間が心の奥底に残っているのだ。

遠野《とおの》との関係が、あんなにうまくいっていたのに、ほころびが生じてしまったのは早坂《はやさか》さんのせいでも橘《たちばな》さんのせいでもない。

俺に、俺のなかに、まだあのときの空気が残ってしまっているからだ。

「桐島《きりしま》さん……」

遠野《とおの》が不安そうな顔で俺をみる。

俺の考えていることが、伝わっているのだ。

北海道には、遠野《とおの》のルーツがあった。そこから感じることは、遠野《とおの》はとても元気に、屈託なく、家族に愛されて育ったということだ。

遠野《とおの》はまちがいなく素敵で、幸せになるべき女の子だった。

そして、俺は——。

自分が遠野《とおの》を幸せにできる男だという確信を持てなかった。

いや、遠野《とおの》を幸せにできるとしても、遠野《とおの》とならば幸せになれるとしても――。

いまだ少女のように思い出のなかで立ち尽くしている橘《たちばな》さんと、思い出を胸にひとり海辺の街で生きていこうとする早坂《はやさか》さんを、置き去りにすることはできなかった。

ふたりがやろうとしていることはとても孤独で寂しいことだ。

もちろん彼女たちは彼女たちの人生をちゃんとやっていくはずだ。

大人びてきた彼女たちは自分を破滅させるようなことはしないだろう。

でも、魂の一部をずっとそこに残したまま、生きていくことはわかっていた。

十代の早坂《はやさか》さんと、十代の橘《たちばな》さんは隔離された孤独な世界で、ずっと待ちつづけるのだ。

そして――。

少女のような早坂《はやさか》さんと橘《たちばな》さんを残して、俺だけが幸せになるわけにはいかなかった。

俺はあそこに戻って、なんらかの決着をつける必要がある。

あのつづきを、やらなければならない。

十代のまま取り残されているふたりを解放しなければいけない。

だから、遠野《とおの》にいう。

「――ごめん」

遠野《とおの》にはなんの落ち度もない。全て俺のせいで、俺がすべてまちがっている。

でも、どうしてもあの過去が深く俺のなかに刻みこまれ、あの青い時代の痛みが強く心に残っていて、ふとした拍子にあのときの感覚が戻ってきてしまうのだ。

俺はそれにエンドロールを流さなければいけない。

そしてあの思い出に決着をつけるということは、つまり、早坂《はやさか》さんか橘《たちばな》さん、そのどちらかを選ぶということだ。

どうやっても、どれだけ思考を繰り返しても、北海道までできたとしても――。

それは――遠野《とおの》じゃなかった。遠野《とおの》にすることはできなかった。

俺は自分がエーリッヒになれなかったことが哀《かな》しい。

遠野《とおの》を特別にできなかったことが悔しい。

けれど、あの思い出はある種の運命を帯びていて、俺はもう認めるしかなかった。

早坂《はやさか》さんと橘《たちばな》さん、あのふたりは俺にとって特別だ。十代のガラスの感性でした俺たちの恋は、世間から隔絶し、箱庭となって俺たちのなかにとどまりつづけ、その扉は開いてしまった。

俺の愛は、その決着の先にしか存在しえない。

そして、それを自覚してしまった以上、もう遠野《とおの》との関係をつづけることはできない。

遠野《とおの》との思い出がよみがえる。

となりあって座った深夜のコインランドリー、下駄《げた》の鼻緒が切れておんぶして歩いた宵山《よいやま》、俺が釣った魚をおいしそうに食べていた元気な遠野《とおの》、目を細めてアルバムをみていた遠野《とおの》のお父さん、子供のころの、ころころと笑っていた幼い遠野《とおの》の写真――。

それらは今、全て痛みとなって俺の胸に突き刺さる。
でも、俺はその胸の痛みを受け止め、そのまま最後の言葉をいった。
「別れよう」
次の瞬間だった。
気づけば、俺は雪の地面に倒れていた。
頬が、焼けるように熱い。
おくれて、遠野《とおの》にビンタされたとわかった。
彼女にはそれをする資格があった。
まちがいなく。
遠野《とおの》の頰には、涙が伝っていた。

つづく

わたし、
二番目の彼女
でいいから。

あとがき

読者の皆様こんにちは、西条陽《にしじょうよう》です。

本編についてふれる前に、まずはASMRの話をしましょう。

おそらくこの七巻がでるころには各種ダウンロードサイトで早坂《はやさか》さんのASMRが配信されている、もしくはその告知がでていることかと存じます。

皆様の応援のおかげです。ありがとうございます。

しかも早坂《はやさか》さんを演じて頂くのは、声優の高橋李依《たかはしりえ》さん！

そうです、あの完全で無敵の声優、高橋李依《たかはしりえ》さんが、高校のときのとてもかわいらしい早坂《はやさか》さんを演じてくれるわけです。このキャストに驚いた人も多いのではないでしょうか。

表向きのハイライトとしては、早坂《はやさか》さんが元気でかわいらしく、「好き好き大好き超愛してる！」といってくれるところです。もちろん、あの副題もいってくれます。

収録のとき、高橋《たかはし》さんの声をきいて、「かわい〜！」とスタッフみんなで喜んでいました。

そして——。

これはニュアンスを汲《く》み取《と》って頂きたいのですが、私はASMRの原稿を、二番目彼女のコンセプトや早坂《はやさか》さんの高校のときのキャラクターに対して、とても忠実に書きました。

つまり、あの甘く湿度のある早坂《はやさか》さんが、高橋李依《たかはしりえ》さんの声で完全再現されているのです。

耳元で、好き、好きと囁《ささや》きつづけてくれたり……何度もキスしてくれたり……。

ヘッドホンで聴けば、耳が蕩《とろ》けること請け合いです。

おそらくダウンロードサイトにサンプルボイスがあると思うので、ぜひぜひ聴いてみてください。スイッチの入った早坂《はやさか》さんが添い寝してきて、体を押しつけてくるあの原作の雰囲気を味わえます。手加減なしです。

ＡＳＭＲを聴いた人はこう思うはずです。

至福。

さて、ＡＳＭＲの魅力は十分伝わったでしょう。

ということで、いつものごとく本編について少し話します。七巻は――。

遠野《とおの》………。

という感じになってしまいましたね。

浜波《はまなみ》からすると、「おい桐島《きりしま》～！　どこに向かって金色《こんじき》になってんだ～！」というところでしょうか。

桐島《きりしま》が、『別れる』と自分から決断し、相手に対して明確に伝えたのはこれが初めてではないでしょうか。そしてそれはとても大きな意味を持つ気がしています。

これは彼らの物語をそばでみてきた私の感覚なのですが、おそらくこれを契機に、本当のエンドロールに向かって物語が動きだす、そんな潮流を感じています。

具体的にいうと、あと二冊くらいの分量で、桐島《きりしま》たちの物語は完結するような予感がしています。

正直、私は桐島《きりしま》たちのことを、付き合いの長い友人のように感じています。だからこの物語を終わらせることはとても寂しいですし、できることなら、ずっと私のとなりでわちゃわちゃやっていてほしい、と思うこともあります。

皆様のおかげで続けようと思えば、まだまだ続けることはできます。七巻序盤のトリプルデートとか、野球回のようなコメディをあと十冊くらい続けることも考えたのですが、まあ、そういう物語でもないしな、というところです。

なにより、彼らの物語をきれいに終わらせてあげたい気持ちがあります。

物語は完結し、思い出になる。それは私たちの心にとどまりつづける。

桐島《きりしま》たちは私たちの知らない道を歩いていく。

彼らを送りだすためにピリオドを打つことが私の仕事であるように感じています。

次の巻までは間が空くかもしれません。物事の終わりは丁寧にする必要がありますし、私自身、もう少し彼らとの別れを惜しんでいたいからです。

読者の皆様を少しお待たせするかもしれませんが、どうか桐島《きりしま》たちの物語の終わりを見届けて頂けると幸いです。

ちょっと湿っぽい感じになってしまいましたが、仕方ありませんね。この手の物語が終わりに向かうときは、どうしても寂寥感《せきりょうかん》というものが追いかけてくるものなのです。

といいつも、意外なことに八巻の出だしはおそらく超アッパーです。

桐島《きりしま》がなんと、教育実習にいくからです。笑
女子校にいくか、卒業した普通の高校にいくかは今、桐島《きりしま》と相談中です。

次巻を楽しみにお待ちください。

ちなみに今すぐ超アッパーな気持ちになりたい方は、『少女事案』をおすすめします。この二番目彼女七巻が三月八日発売、その十日後、三月二十日に、『少女事案』の二巻がでます。遠野《とおの》の気持ちを想像して気持ちがダウナーになっているかたも、これを読めばテンションめちゃくちゃあがります。ぜひぜひお読みください。

さて、それでは謝辞です！

担当編集氏、電撃文庫の皆様、校閲様、デザイナー様、本書にかかわる全ての皆様に感謝致します。

Ｒｅ《れ》岳《たけ》先生、七巻も素敵なイラストありがとうございます！　Ｒｅ《れ》岳《たけ》先生のイラストから受けるインスピレーションに大いに助けられながらここまできました。フィナーレまでどうかよろしくお願いします！

最後に読者の皆様、重ね重ねありがとうございます。

また八巻でお会いしましょう！　そして早坂《はやさか》さんのＡＳＭＲをぜひぜひ！

◉西　条陽著作リスト

「世界の果てのランダム・ウォーカー」(電撃文庫)
「世界を愛するランダム・ウォーカー」(同)
「天地の狭間のランダム・ウォーカー」(同)
「わたし、二番目の彼女でいいから。1〜7」(同)

本書に対するご意見、ご感想をお寄せください。

ファンレターあて先
〒102-8177　東京都千代田区富士見2-13-3
電撃文庫編集部
「西　条陽先生」係
「Re岳先生」係

本書は、「電撃ノベコミ+」に掲載された『わたし、二番目の彼女でいいから。』を加筆・修正したものです。

電撃文庫

わたし、二番目《にばんめ》の彼女《かのじょ》でいいから。7

西《にし》 条陽《じょうよう》

2024年3月10日　初版発行

発行者　山下直久
発行　株式会社KADOKAWA
〒102-8177　東京都千代田区富士見2-13-3
0570-002-301（ナビダイヤル）
装丁者　荻窪裕司（META＋MANIERA）
印刷　株式会社暁印刷
製本　株式会社暁印刷

●お問い合わせ
https://www.kadokawa.co.jp/（「お問い合わせ」へお進みください）
※内容によっては、お答えできない場合があります。
※サポートは日本国内のみとさせていただきます。
※ Japanese text only

※定価はカバーに表示してあります。

ISBN978-4-04-915445-0　C0193　Printed in Japan

電撃文庫　https://dengekibunko.jp/